LE SOLIMAN

TRAGI-COMEDIE.

A PARIS,

Chez TOVSSAINCT QVINET, au Palais, dans la
petite salle, sous la montee de la Cour des Aydes.

M. DC. XXXVII.

AVEC PRIVILEGE DV ROY.

ARGVMENT

Ersine, fille de Tamas, Roy de Perse, conduisant contre les Scythes, sous vn habillement de guerrier, vne bonne partie de l'armée de son Pere, feit vn iour rencontre de Mustapha fils de Soliman, Empereur des Turcs, dont elle deuint si passionnée, & luy d'elle, qu'ils s'entredonnerent la foy de mariage ; Or ayant esté separez l'vn de l'autre, & Persine ayant sçeu que Mustapha deuoit arriuer en Alep, ou Soliman l'attendoit pour le faire Chef d'vne puissante armée contre les Perses : Persine trop impatiente en ses amours y vint deguisée & accompagnée seulement d'vn Vieillard nommé Aluante, a qui elle auoit fait accroire qu'elle se déroboit de son païs pour espier les desseins & les forces des ennemis : Aluante la presse de s'en retourner de peur qu'elle ne soit surprise, & afin que le Roy son Pere soit auerty de la guerre qu'on luy prepare : Persine luy declare le vray sujet de son voyage, dont Aluante s'estonne, luy fait des remonstrances, & n'auançant rien par là, il a recours à la ruse, trompe Persine, fait semblant d'estre touché de ses amours, & de l'y vouloir seruir : Persine luy donne donc vne lettre à porter à Mustapha ; Aluante la déchire par dépit, & dit à Persine, que Mustapha l'a mise en piece, se mocque d'elle, & ne se souuient plus de sa foy : Persine desesperée s'expose au milieu

A

des ennemis pour y trouuer la mort, des soldats s'en saisis-
sent & l'ameinent en qualité d'éspion deuant Soliman.
Aluante suruient, qui pour la retirer du trépas dont elle
estoit menacée, découure qu'elle est la fille du Roy de Perse, & de plus promise à Mustapha. Soliman qui conceuoit
desia de grandes desfiances de ce Fils, par les menées de la
Reine qui regardoit Mustapha d'vn œil de marastre, ainsi
qu'elle pensoit l'estre en effet, & par les menées aussi de Rustan gendre de Soliman, dans l'esprit duquel l'vn & l'autre faisoient passer pour criminelles les plus innocentes
actions de Mustapha, comme de luy persuader que ce genereux fils auoit intelligence auec le Roy de Perse, pour
auoir demeuré quelque temps en ses terres, ce qui luy venoit d'estre confirmé par vne lettre que Rustan auoit con-
trefaite,& qu'il feignoit auoir esté enuoyée secrettement
à Mustapha par le Roy de Perse: Soliman, dis-je, estant
preuenu de ces soubçons, & apprenant de nouueau d'Aluante que Persine estoit promise à son fils sans son consen-
tement, creut aysément tout ce qu'on imposoit à Mustapha. Il entre donc en furie, & fait condamner & conduire ces deux Amants au supplice: Ce que voyant Ormene,
pere Nourricier de Mustapha, il va trouuer la Reine, &
pour sauuer la vie à Mustapha, dont il sçauoit bien que le
plus grand crime estoit d'estre le fils bien-aymé de Soliman, il declare franchement que Mustapha ne pouuoit
rien pretendre à la Couronne, & qu'il n'estoit pas de naissance Royale (ainsi le croyoit-il) & comme il raconte
quand,comment,& d'où il l'auoit eu: La Reine descouure
que ce Mustapha est son propre fils, & celuy qu'elle auoit

autrefois eu de Soliman mefme, & qu'elle auoit efté obli-
gée d'efloigner d'aupres d'elle pour le fouftraire aux em-
bufches d'vne autre Sultane qui poffedoit alors entiere-
ment l'efprit de Soliman. Ayant donc commandé qu'on
retardaft le fupplice, elle court fe jetter aux pieds de Soliman, demande la grace de Muftapha, à la ruïne duquel
elle declare que Ruftan la pouffée de trauailler iniuftemét.
Ruftan voyant fa malice découuerte fe tuë de defefpoir,
apres fa mort on reconnoift la fauffeté de la lettre qu'il
auoit fuppofee, enfin l'innocence de Muftapha eftant auerée tant à lendroit de Soliman, qu'à l'endroit de Perfine,
aupres de laquelle Aluante quoy que fans mauuaife intention, auoit entrepris de le mettre mal : L'Ambaffadeur de
Perfe arriue: à fes propofitions Soliman donne les mains,
la paix fe conclud entre le Roy de Perfe & le grand Seigneur, & le mariage entre Muftapha & Perfine.

Priuilege du Roy.

LOVIS par la grace de Dieu Roy de France & de Nauarre, A nos amez & feaux les gens tenans nos Cours de Parlement, Baillifs, Seneschaux, Preuosts, Iuges, ou leurs Lieutenans, & à chacun d'eux en droict soy, Salut. Nostre cher & bien-amé *Touffainct Quinet*, Marchand Libraire, nous a fait remonstrer, qu'il desireroit imprimer & mettre en lumiere vne Tragi-Comedie, intitulée, *Le Soliman*, mais craignant que l'Impression ne luy soit dommageable si d'autres que luy s'ingeroient de le faire imprimer, il nous a requis nos Lettres sur ce necessaires. A ces causes, Nous auons permis, & octroyé, permettôs & octroyons audit *Quinet* d'imprimer ou faire imprimer ladite Tragi-Comedie, par tels Imprimeurs que bon luy semblera, icelle vendre & exposer durant le temps de sept années, pendant lequel temps nous auons fait & faisons tres-expresses inhibitions & deffenses à tous autres Libraires & Imprimeurs de la faire Imprimer, vendre, ny debiter, sur peine de perte des exemplaires, & de cinq cens liures d'amende, despens, dommages & interests : Et afin qu'ils n'en pretendent cause d'ignorance, Nous voulons qu'en faisant mettre enfin des exemplaires autant des presentes, elles soient tenuës pour certifiées. A la charge toutesfois de mettre deux exemplaires de ladite Tragi-Comedie dans nostre Biblioteque des Cordeliers à Paris, & vn exemplaire d'icelle és mains de nostre amé & feal Cheualier Chancelier Gardé des Seaux de France, le sieur Seguier Dautruy. Car tel est nostre plaisir. Donné à Paris le vingt-septiesme iour de Feurier, l'an de grace, mil six cens trente-sept. Et de nostre regne le vingt-septiesme.   Par le Roy en son Conseil, PETIT. Et seellé du grand seau de cire jaune.

Acheué d'imprimer le 30. Iuin 1637.

LES ACTEVRS.

SOLIMAN.	Roy de Thrace.
RVSTAN.	Gendre de Soliman.
ACMAT.	Conseiller.
OSMAN.	Gentil-homme de Rustan.
PERSINE.	Fille du Roy de Perse deguisée en garçon, amoureuse de Mustapha.
ALVANTE.	Pere Nourricier de Persine.
LA REYNE.	Femme de Soliman.
SELINE.	Confidente de la Reyne.
MVSTAPHA.	Fils de Soliman.
SOLDATS.	De la garde de Soliman.
ORMENE.	Pere Noutricier de Mustapha.
ADRASTE.	Lieutenant de Mustapha.
MESSAGER.	
DEVIN.	

GENTIL-HOMME DE SOLIMAN.

L'AMBASSADEVR DE PERSE.

La Scene est en Alep, ville de Syrie.

LE
SOLIMAN.
TRAGI-COMEDIE.

ACTE PREMIER.
Scene premiere.

SOLIMAN. ACMAT. RVSTAN.

SOLIMAN.

MOY qui me figurois que iufques dans Bi-
zance,
Ils viendroient à mes pieds implorer ma
Clemence,
Me voicy dans Alep, & cés fiers ennemis
Ne fe font pas encore à mon pouuoir foubmis!

A

O Dieu quelle fureur! quel orgueil! quelle audace!
Les Perses resister au grand Seigneur de Trace!
Ont-ils donc oublié que nos moindres efforts,
Ont mille fois couuert leurs campagnes de morts?
Veulent-ils derechef tenter vne fortune
Qui leur prepare à tous vne cheute commune?
Car (asseurez-vous-en) nos bras victorieux
Perdront de ces mutins l'Empire glorieux:
Le Ciel qui dés-long-temps medite leur ruine,
A si belle entreprise auiourd'huy me destine.
Obeyssons luy donc, & tous ayez pour moy
Dans le cœur, le courage, & dans l'ame, la foy.

ACMAT.

Grand Roy, nous attendons la fin de cet ouurage,
Moins du Ciel, ou du Sort, que de vostre courage:
Et nous suiurons les pas de vostre Majesté,
Le cœur remply d'ardeur & de fidelité.

RVSTAN.

Commandez seulement, & vous pourrez connestre,
De quel zele Rustan est porté pour son Maistre:
Au moindre signe d'œil, i'iray, Sire, pour vous
M'exposer hardiment à la fureur des coups,

Ah que n'eſt la iournée & l'heure deſia preſte,
Où nous deuons auoir nos ennemis en teſte!
Car alors ie mourray d'vn glorieux treſpas,
Ou vous apporteray la teſte de Tamas.

ACMAT.

Que ſert de faire au Roy ĉét offre temeraire?
Le propre d'vn guerrier c'eſt d'agir & ſe taire.

RVSTAN.

Qu'inferes-tu de là?

SOLIMAN.

             Silence, taiſez-vous.
Ie connois le merite & la valeur de tous.
Mais allons, que du camp la place ſoit choiſie,
Attendant que mon fils arriue d'Amaſie.

RVSTAN tout bas.

Que puiſſe-t'il pluſtoſt eſtre priué du jour,
Seigneur, la Reyne attend que ie ſois de retour,
Ie la vay retreuuer ſi i'en obtiens licence.

SOLIMAN.

Allez.

****

SCENE DEVXIESME.

SOLIMAN. OSMAN. ACMAT.

SOLIMAN.

IE vois Osman qui deuers moy s'auance,
Il reuient d'Amasie, & rapporte joyeux,
Des nouuelles qu'on lit desia dedans ses yeux.

OSMAN.

Inuincible Seigneur, Roy le plus grand du monde,
Qu'ainsi tousiours le Sort à vos souhaits responde :
Ce fils de qui la gloire a l'vniuers rauy,
Le braue Mustapha, de cent Princes suiuy,
Arriue dans Alep.

Osman estoit du party de Rustan, & loüe Mustapha pour le rēdre suspect à Soliman.

ACMAT.

O nouuelle agreable !

SOLIMAN.

Et qui remplit mon cœur d'vne joye incroyable.
A ce conte ses soins furent bien diligens !
Comment a-t'il si tost ramassé tant de gens ?

OSMAN.

Le seul bruit de son nom & de sa renommée,
Pourroit en moins de temps leuer toute vne armée,
L'esclat de sa valeur sans exemple & sans pris
Est l'attrait & l'aymant des cœurs & des esprits.

ACMAT.

Que i'ayme ses vertus, & qu'on me parle d'elles ;
Là se fonde l'espoir des Ministres fidelles !
Mais, Sire nous deuons quant & quant auoüer,
Que loüer Mustapha c'est aussi vous loüer :
Vn ruisseau clair & net nous fait veoir en sa course,
Qu'il a tiré son eau d'vne plus viue source.

SOLIMAN.

Retournons sur nos pas, afin de receuoir
Ce fils qui fait par tout éclatter mon pouuoir.

ACMAT.

Sire, continuez, vostre premier voyage,
Et receuez au camp ce fils plein de courage ;
Il l'a bien merité, l'honneur qui semble deu,
Pousse à faire encor mieux alors qu'il est rendu.

A iij

Puis vous sçauez, qu'il vient accompagné de Princes,
Qui ne font point sujets aux loix de vos prouinces,
Si bien que vous pouuez sans vous faire aucun tort,
Les accueillir au camp, dés leur premier abord.
Rien ne peut dans la guerre exciter le courage,
Comme vn Prince qui monstre vn gracieux visage,
Et les moindres regards dont il flate nos sens,
Pour faire aimer la mort, ont des charmes puissans.

SOLIMAN.

Ce que tu dis, Acmat, ne souffre point de doute,
C'est pourquoy poursuiuons nostre premiere route.
Toy, vas dire à Ruftan qu'il s'en vienne apres moy
Si tost qu'il aura sceu ces nouuelles de toy:
Cours & fais promptement ce que ie te commande.

OSMAN.

Que ne fais-je aussi-bien ce que Ruftan demande,
Dont ie viens d'obferuer, comme j'ay toufiours fait,
Les preceptes & l'art, peut-estre auec effet;
Car quoy que le Roy feigne, on tient cette maxime,
Qu'vn vieux Roy, de son fils, hait la trop grãde estime.

✻✻✻✻✻✻✻✻✻✻✻✻✻✻✻✻✻✻✻✻✻✻✻✻✻✻✻✻✻✻✻✻

SCENE TROISIESME.

PERSINE, ALVANTE.

PERSINE.

D'Où l'as-tu donc appris?

ALVANTE.

C'est le bruit de la Cour,
Et puis que Soliman n'attend que son retour,
Pour venir fondre en Perse & nous faire la guerre,
Madame, treuuez bon de quitter cette terre.
Retournons vers Tamas luy faire tout sçauoir,
Afin qu'en diligence il y puisse pouruoir.

PERSINE.

Mais si, comme tu dis, dans peu le fils de Thrace,
Doit faire voir icy ses gens & leur audace,
Faut-il m'en retourner sans auoir aujourd'huy
Iugé de la valeur de ses gens & de luy?
Faisant vne action si fort deraisonnable,
Ie perds de mon dessein l'effet le plus loüable,

Et rends ma hardieße & ce deguiſement,
Au lieu d'eſtre loüez, dignes de chaſtiment.

ALVANTE.

Les ſoldats que le Prince ameine en cette ville,
Si i'ay bien entendu, ſont à peine dix mille :
Dans vn nombre de gens petit comme le leur,
Que peut-on remarquer d'audace & de valeur ?
Mais ce qui me fait peur, c'eſt la puiſſante armée,
Et depuis ſi long-temps à vaincre accouſtumée,
Que ſuiuant voſtre aduis, i'eſpiois ce matin,
Et qui va de la Perſe acheuer le deſtin.
Partons donc tout à l'heure, afin que voſtre Pere
Ait le temps d'auiſer à ce qu'il faudra faire.

PERSINE.

Aluante, attends encor.

ALVANTE.

             Ce ſeroit vous trahir :
En tout autre ſujet ie ſuis preſt d'obeïr :
Quelle neceßité vous oblige à cette heure
A vouloir faire icy de plus longue demeure ?
Ah ! retournons Perſine, & ſi le Sort heureux

A ſuiu

A suiuy iusqu'icy vos desseins genereux,
Songez qu'il peut tourner ce visage agreable,
Et que son naturel c'est d'estre variable ;
Car si l'on nous descouure, hé bon Dieu! quelle main
Vous pourra retirer de ce peuple inhumain.

PERSINE.

Mais si ie pars , ie cours fortune de la vie.

ALVANTE.

Hé par qui, hors d'icy, peut-elle estre rauie ?
Dieu comme elle se trouble , ah! Madame parlez ;
Et que ie sçache au vray ce que vous me celez.

PERSINE.

Oüy, là foy, qui depuis que m'esleua ta femme,
S'est fait voir à mes yeux si pure dans ton ame,
A bien, mon cher Aluante, auiourd'huy merité,
Que tu sçaches de moy toute la verité ;
Apprends que le subjet qui me tira d'Arsace,
Ne fut pas d'espier les desseins de la Torace:
Mais qu'vn beaucoup plus noble & plus fort mouuemẽt
M'a fait venir icy sous cét habillement ;
Vn mouuement d'amour, que tu croiois de hayne.

B

ALVANTE.

Vn mouuement d'amour, est celuy qui vous meine,
Et pour qui?

PERSINE.

                Pour celuy qu'on attend auiourd'huy.

ALVANTE.

Vous auez de l'amour pour Mustapha?

PERSINE.

                                        Pour luy.

ALVANTE.

Helas! qu'ay-ie entendu, quelle est vostre pensee?
Es depuis quand vostre ame est elle ainsi blessee?

PERSINE.

Le Soleil a desia deux fois dedans les Cieux,
Rallumé le courroux du Lion furieux,
Depuis le iour fatal que l'amoureuse flame
Passa dedans mes yeux pour consommer mon ame.
De te dire à present d'ou s'alluma ce feu,
Ou comment ie fus prise, il importe fort peu:

'Aluante sois content de sçauoir que ie l'ayme,
Et que s'il l'en faut croire, il me cherit de mesme.
Si bien que pour donner à ce cœur langoureux,
Le doux soulagement d'vn regard amoureux,
Et sçachant en ce lieu son heureuse venuë,
I'y vins auec toy seul, & sans estre connuë ;
C'est donc luy que i'attends, luy dont ie veux tirer,
Les effets de la foy qu'il m'a voulu iurer :
Car mon tourment s'accroist plus l'Hymen se differe,
Et plus l'Hymen retarde, & plus i'en desespere.
C'est Aluante en vn mot ce que ie me promets,
Et voilà, tu connois mon secret desormais.

ALVANTE.

O fille sans esprit ! pardonnez moy Madame
L'excez d'affection qui me transporte l'ame :
Par qui vous estes vous laissée ainsi charmer ?
Quelle amour est-ce là ? quelle façon d'aimer ?
Pouuez vous voir ainsi vostre gloire fletrie
Et violer la foy deuë à vostre patrie ?
Suiuez vous deguisée, auec tant de fureur,
Vn ennemy qui n'a pour vous que de l'horreur ?
Sçauez vous pas qu'ils ont en ce païs infame,
Le serment dans la bouche & le parjure en l'ame ?

B ij

Ainsi tout glorieux de vous manquer de foy,
Il ira triomphant de la fille d'vn Roy !
Pouuez vous donc souffrir cette infamie extresme,
D'aller de vostre honneur luy faire offre vous mesme?
Vous mesme à vostre honneur en vain & sans raïson,
Vous ferez sans rougir si lâche trahison?

PERSINE.

Que cela desormais, amy, ne te soucie,
Ie reconnois ton zele & ie t'en remercie :
I'approuue tes raisons, i'approuue ta bonté,
Mais ie ne sçaurois plus changer de volonté :
L'Amour me le deffend, & me donne asseurance,
Que ce Prince mieux né sera plein de constance :
Car si des Caualiers gardent si bien leur foy,
Que doit faire celuy dont ils prennent la loy?

ALVANTE.

Ie veux qu'il soit fidelle, & plein de courtoisie.
Auiourd'huy que son pere auec toute l'Asie,
Au milieu de la guerre est en sa Maiesté,
Et par tout l'Vniuers se void si redouté,
Sans craindre le succez de son outrecuidance,
Ozera-t'il traiter d'vne telle alliance?

Non, ne le cróyez pas : changez donc de deſſein,
Et voyeZ mes raiſons d'vn iugement plus ſain :
Car Madame, eſcoutez encore vne parole,
Si vous n'abandonnez cette entrepriſe fole,
Ou ne la reſeruez à quelque temps meilleur ;
Puiſſé-je eſtre trompé, ie vous predis mal-heur.

PERSINE.

Toutes ſortes de maux me feront agreables,
Et les tourmens d'Amour ſont bien moins tolerables.

ALVANTE.

On vient. Fuyons ; le Ciel releue ta vertu !

PERSINE.

Helas de trop d'ennuys mon cœur eſt abbatu.

❦❦❦❦❦❦❦❦❦❦❦❦❦❦❦❦❦❦❦❦❦❦❦❦

SCENE QVATRIESME.

LA REINE. SELINE.

LA REINE.

I'Ignore en quel endroit mon pié douteux me guide ;
Au trouble des penſers qui me rendent timide.

SELINE.

Ceux qui renferment mieux leurs pensers au dedans,
Sont Madame, à la Cour tenus les plus prudens:
C'est pourquoy ie voudrois ; qu'auecques plus d'adresse,
Vous retinßiez couuert le tourment qui vous presse,
Moderez vostre plainte, vsez d'vn doux accueil,
Enuers cét ennemy, bouffi de tant d'orgueil:
Enfin n'oubliez rien qui vous rende croiable,
Alors qu'aupres du Roy vous le rendrez coupable.

LA REYNE.

Hé comment receuoir auec vn doux accueil,
Vn qui mettra mon fils, & moy-mesme au cercueil?
Comment ayant le cœur en guerre,& dans l'orage,
Montreray ie la paix,& le calme au visage?

SELINE.

Mais vostre inimitié du moins se doit cacher,
Voiant que Soliman l'ayme & le tient si cher;
Feignez de luy porter vne amitié semblable,
Vous en serez au Roy d'autant plus agreable,
Et par là vos discours auront plus de credit,
Plus on ayme quelqu'vn,plus on croit ce qu'il dit.

LA REYNE.

Ha ! Seline, vn temps fut que ie pouuois bien croire
Que le Roy m'esleuoit à ce degré de gloire :
Mais maintenant helas ! & c'est là mon tourment,
Il n'est plus embrazé d'vn feu si vehement.

SELINE.

Que dites-vous, Madame, & quel nouuel indice
Tesmoigne qu'enuers vous son feu se refroidisse ?

LA REYNE.

Celui-cy iustement qu'il m'en donne ce iour,
Ayant pour Mustapha tant d'estime & d'amour ;
Car il m'apprend assez qu'au Sceptre il le destine,
De Selin, & de moy, meditant la ruine.
Qu'en vain sur son amour ie fonday mon espoir,
Ie commence, & trop tard, à m'en apperceuoir :
Son amour qui me fit, par vn dessein contraire,
Garder ce second fils auprés du Roy son Pere,
Au lieu de l'exposer, le sauuant de la mort ;
Ainsi que ie fis l'autre, à la mercy du Sort.
Ie creu que Soliman espris de cette flame,
Que Circasse estant morte, il eut pour moy dans l'ame,

Me lairroit de ses feux vn tesmoignage entier,
En choisissant ce fils pour vnique heritier.
Mais bien loin de regner, ie connois à cette heure,
Qu'il faudra qu'auec moy le miserable meure.

SELINE.

Oüy, si vous n'essaiez, auec la mort d'autruy,
De destourner ce mal, & de vous & de luy.
Donc pour y paruenir, vsez d'art & de ruse,
Pour viure, & pour regner, tout se fait, tout s'excuse.

LA REINE.

Ie te croiray, Seline, & veux dés auiourd'huy,
Commencer à le perdre, & me tirer d'ennuy.

Fin du premier Acte.

ACTE II.
SCENE PREMIERE.

SOLIMAN, MVSTAPHA, ACMAT,
RVSTAN, OSMAN.

SOLIMAN.

E vay prier les Cieux de nous estre propices;
Toy, vas à nostre camp dessous de bös auspices,
Et dessus tes Soldats prens l'absolu pouuoir,
Qu'vn General d'armée y doit tousiours auoir.
Si le moindre repos à ta valeur fait peine,
Dés la pointe du iour couure toute la plaine,
Commence de marcher contre les ennemis,
Et conduis les Soldats qu'à tes soins i'ay commis:
Ie te suiuray de prez auec vne autre armée,
Et bien-tost leurs projets s'en iront en fumée.

C

MVSTAPHA.

Derechef ie rends grace à vostre Majesté,
D'vn honneur que ie sçay n'auoir point merité :
Le pouuoir qui me vient de cette main auguste
Ne souffrira iamais rien de lasche ou d'iniuste :
Mais dessous la faueur d'vn Prince si guerrier,
J'espere veoir fleurir la Palme & le Laurier :
Combatant pour vn Roy remply de tant de gloire
Me pourroit-on rauir l'honneur de la victoire ?
Pleust aux Cieux seulement que vostre Majesté
Commist toute la guerre à ma fidelité,
Et que se reseruant au bien de cét Empire,
Elle aimast le repos que son âge desire,
Et non pas toutesfois sans imiter le cœur,
Qui ne bouge & partout espanche sa vigueur.

SOLIMAN.

Tu m'asseurés, mon fils, en tenant ce langage,
De ton affection, & de ton grand courage :
Mais ie ne puis vouloir que ce que i'ay voulu,
L'ordre qu'on doit tenir est desià resolu,
Et ie ne trouué point d'entreprise honnorable,
Qu'alors qu'vn Roy present la rend plus venerable,

Et delà, les combats qui sont gagnez par nous,
Comme œuures de nos mains, nous en semblēt plus doux.
Va donc trouuer l'armée, & fay ce que i'ordonne :
Cependant que le Ciel de Lauriers t'enuironne!
Acmat, suiuez-le au camp, & luy monstrez ses gens,
Et que pour le retour vos pas soient diligens.

MVSTAPHA.

Ie prens congé, grand Prince, & cours auecque ioye,
O u le vouloir d'vn Pere & le Destin m'ennoye.

SOLIMAN.

Encore vn coup, sois tu tousiours victorieux!
Ie vais exprés au Temple en coniurer les Cieux.

RVSTAN.

Aille apres qui voudra : demeure, Osman, demeure.

SCENE DEVXIESME.
RVSTAN, OSMAN.
RVSTAN.

AVant que ie le souffre il faudra que ie meure,

OSMAN.

Mon Maistre qu'auez-vous?

RVSTAN.

Ah! c'est trop r'animer
Le feu dont contre luy ie me sens enflamer.
Qu'en dis-tu, cher Osman? vn nouueau venu prendre
Le premier rang d'honneur ou ie deuois pretendre?
Quelle presomption & surquoy se fonder?
Quel merite si grand le peut recommander?
Nous partageons l'honneur d'vne mesme famille,
Il est le fils du Roy, moy, l'espoux de sa fille:
Pourquoy donc s'vsurper, & prendre insolemment
Vn pouuoir qui n'est deu qu'à Rustan seulement?
Mais non, n'en parlons plus, i'en auray la vangeance.

OSMAN.

Vostre colere est iuste, & grande son offence,
Et cecy peut encor aigrir vostre douleur,
Que vous auez vous-mesme ourdy vostre mal-heur:
D'auoir fait que chacun, comme i'ay fait moy-mesme,
Vantast à Soliman son merite supresme,
Sans doute ces discours, contre vostre dessein,
Ont ietté plus d'amour que d'enuie, en son sein.

RVSTAN.

Ainsi le plus souuent la Fortune mesprise,
De faire reüssir vne sage entreprise :
Mais ie mespriseray moy-mesme ses mespris,
Allons: que le conseil promptement en soit pris:
Toy, vas voir près du camp, comme tout s'y dispose,
Là considere bien iusqu'à la moindre chose,
Ce qu'on fait, ce qu'on dit, enfin rapporte moy
Quelque apparent subjet de soubçonner sa foy.
Vas, reuiens bien instruit ; Mais i'apperçoy la Reyne.

SCENE TROISIESME.

SELINE, LA REINE, RVSTAN.

SELINE.

MAis, Madame, c'est estre à soy-mesme, inhumaine:

LA REINE.

Tais-toy, voicy Rustan: ie te treuue à propos
Pour en parler ensemble, & me mettre en repos.

RVSTAN.

Madame, dans l'estat que nous voyons l'affaire,
Bien plus que le discours l'effet est necessaire.
Ie m'en allois vers vous afin d'en conferer,
Et resoudre sa mort ; mais sans plus differer.

LA REINE.

Et ç'est là iustement le point qui me tourmente ;
Car sa mort d'vne part le salut nous presente,
D'autre part la pitié m'attendrit tellement,
Que ie ne sçaurois presque y penser seulement.

RVSTAN.

Dieu qu'est-ce que cecy ? qu'ay-ie entendu Madame ?
Vn mouuement si foible esbranle vne telle ame ?
Le son de quelques mots agreables & doux,
Vous a fait relascher d'vn si iuste courroux ?
Auez vous oublié que s'il ne perd la vie,
La vie & la couronne à vous mesme est rauie ?

SELINE.

Ah Madame ! plustost qu'il meure mille fois.

LA REINE.

Ie voy bien ce danger, & ie vous le disois,

Que s'il vinoit, la mort nous estoit asseurée:
Mais soit pour quelque temps sa perte differée.

RVSTAN.

Pour quelque temps, Madame? Ah! seulement ie crains
Que desià nos efforts ne soient foibles & vains:
Helas que pouuoit-il nous arriuer de pire?
Et que luy reste-t'il pour obtenir l'Empire,
Et nous faire mourir d'vne cruelle mort,
Chef d'vne telle armée, & se voyant si fort?

LA REINE.

Las que me dites vous? Chef! & de quelle armée?

RVSTAN.

Quoy vous n'en estes pas encor mieux informée?

LA REINE.

Ie n'en ay rien apris.

RVSTAN.
                    Vous ne sçauez donc pas
Qu'il a sous son pouuoir presque tous nos Soldats?
LA REINE.
Est-il donc vray!

RVSTAN.

> Que trop: iugeᶻ donc à cette heure
> S'il est bon qu'imparfaict nostre dessein demeure;
> Vn Sceptre rarement s'arrache aux mains d'autruy,
> Quand la force & le fer luy sert de ferme appuy.

LA REINE.

> Donc en tant de façons, ô Destin plein d'enuie,
> M'ostes-tu les moyens de me sauuer la vie ?
> Comment n'a peu le Roy preuoir vn si grand mal ?
> Mais tires-nous Rustan, de ce danger fatal.

RVSTAN.

> En ces occasions la meilleure deffense,
> C'est qu'il faut par esprit rompre la violence.

LA REINE.

> Ie veux à ce subjet seulement dire au Roy
> Les soupçons qui pour luy me donnent de l'effroy ;
> Affin que subuenant à sa propre disgrace,
> Il nous deliure aussi du mal qui nous menace.

RVSTAN.

> C'est le meilleur moyen que nous puissions tenir.

LA

LA REINE.

Allons donc le treuuer : mais le voicy venir.

SCENE QVATRIESME.

LA REINE, SOLDATS, SELINE,
SOLIMAN, RVSTAN.

LA REINE

*S*Oldats, où va le Prince ?

SOLDATS.

Au Palais, grande Rèyne.

LA REINE

Arrestez-vous Icy. Dieu quel soucy le gesne

SELINE.

Madame, ayez bon cœur, tout vous vient à souhait :
Ce trouble obscurcira la verité du fait.

LA REINE.

Seigneur, que le Destin tousiours plus fauorable
Vous comble d'vn bon-heur qui soit incomparable.

D

SOLIMAN.

Il le peut, s'il le veut: Mais qui vous meine icy?

LA REINE.

Vous connoissez, Seigneur, mon amoureux soucy,
Et que ie ne vy pas si ie ne vous contemple:
Si bien que pour vous voir ie m'en allois au Temple:
Auec dessein aussi que nos vœux innocens
Estant vnis ensemble, en fussent plus puissans:
Mais, Seigneur, de quel mal auez vous l'ame attainte?
Quelles sont vos douleurs, vos soins, ou vostre crainte?

SOLIMAN.

Madame, ie sçay bien que vostre affection
A droit de s'enquerir de mon affliction;
Mais il est mal-aysé qu'vn autre puisse entendre
Ce que ie ne puis pas moy-mesme bien comprendre.
Je suis triste, ie crains, & ie ne sçay pourquoy,
Ny quel trouble importun s'est emparé de moy.

SELINE.

Prenez le temps, Madame.

LA REINE.

He que dites-vous, Sire!

SOLIMAN.

Ce qui n'est que trop vray.

RVSTAN.

Quand le Ciel veut predire
Quelque estrange mal-heur, il se sert quelquefois
Du langage secret de ces muettes voix.

SOLIMAN.

Quoy qu'il puisse arriuer, Rustan, vn tel presage
Peut troubler, mais non pas abbatre mon courage.

LA REINE.

Mais l'homme sage doit toute chose tenter
Pour connoistre son mal, afin de l'euiter:
Qui craint que dedans peu son naufrage n'arriue,
A recours promptement à la prochaine riue.
Qui sçait si l'Empereur successeur des Latins,
Las d'esprouuer tousiours de contraires destins,
N'auroit point espié le temps de vostre absence,
Pour entrer auiourd'huy le plus fort dans Bisance?
Si l'air de ce climat ou de cette Cité,
Ne pourroit pas enfin nuire à vostre santé?

Ou bien si combattant auecques trop d'audace,
Quelque danger helas! de mort ne vous menace?
Si bien que retournant en Thrace seulement,
Ce presage seroit sans nul éuenement.

SOLIMAN.

Il faut bien que d'ailleurs vienne quelque infortune,
Ie ne suis pas troublé d'vne crainte commune:
La Thrace est trop puissante, & i'ay le cœur trop fort,
Pour craindre, elle à present l'ennemy, moy la mort.

LA REINE.

Sire, c'est bien conclurre, & i'apperçoy moy-mesme
Vne autre occasion de ce peril extresme,
Helas! seroit-il vray!

SOLIMAN.

Poursuiuez hardiment.

LA REINE.

Peut-estre crains-je à tort, quoy qu'auec fondement.

RVSTAN.

Al'heure qu'il s'agit du salut d'vn Monarque,

On craint auec raiſon deſſus la moindre marque.

SOLIMAN.

Madame, parlez donc:

LA REINE.

　　　　　Ie crains qu'vn ſcelerat
N'ait tramé deſſus vous quelque noir attentat,
Et par voſtre treſpas n'occupe cét Empire,
Ou ſon ambition depuis long-temps aſpire.

SOLIMAN.

Qui ſeroit ſi hardy?

LA REINE.

　　　　　Qui ſe ſent le plus fort:
Celuy dont vous deuriez attendre moins ce tort,
L'injuſte Muſtapha.

SOLIMAN.

Muſtapha?
LA REINE.
　　　　　C'eſt luy-meſme.
Pourquoy vous troubler tant, & deuenir plus bleſme!

D iij

Ie n'en asseure pas, i'en doute seulement :
Mais certes cette peur me trouble extremement.

RVSTAN.

Peut-estre cette peur n'est que trop raisonnable,
Sire, i'en conceuois vne toute semblable.

SOLIMAN.

Qui de luy, iustement ces soupçons peut auoir?
Et comment me peut-on les faire conceuoir?

LA REINE.

Sire, voyez-vous pas cette valeur guerriere,
Combien elle luy rend l'ame hardie & fiere,
Et tant d'autres vertus veritables ou non,
Qui donnent dans la veuë, & font bruire son nom?
Ouy, vous les voyez bien, & voyez trop peut-estre,
Puis que mesme il vous plaist si bien les reconnestre,
Et que vous les aymez, par vn aueugle erreur,
Au lieu que vous deuriez les auoir en horreur :
Considerez de plus, cette humeur liberale,
Et cette courtoisie à tout le monde esgale :
Ne croit-il pas par là meriter d'estre Roy?
N'est-ce pas par cet art qu'on tire vn peuple à soy?

Si bien qu'il est certain que ses desseins sinistres
Ne manqueront iamais de damnables ministres:
Et puis vous sçauez bien que le peuple souuent
Aueugle a plus d'amour pour le Soleil leuant.
Mais de plus qui pourroit nous donner asseurance
Qu'il n'ait auec Tamas eu quelque intelligence,
Quand sous vn faux pretexte errant comme inconnu,
Il fut chez les Persans en prison retenu?
Ce fut peut-estre alors qu'il trama vostre perte,
Et qu'au Prince ennemy son ame fut ouuerte:
Peut-estre il luy promit vn bon-heur eternel,
S'il vouloit seconder son dessein criminel:
Et tant de messagers, & de courses diuerses,
Dont il feint d'espier l'intention des Perses,
Pour moy ie les soupçonne, & crois auec raison
Qu'ils sont les instruments de cette trahison:
Et si iusques icy l'issuë en fut remise
Les forces luy manquant à si haute entreprise:
Desormais qu'il se void la puissance en la main,
Il l'executera du iour au lendemain.

SOLIMAN.

Tant s'en faut, ce pouuoir est vn tres-seur remede,
On ne desire plus le bien que l'on possede,

LA REINE.

Mais, Seigneur, vous sçauez, ce que c'est du pouuoir,
Que tant plus on en a, plus on en veut auoir.

RVSTAN.

Certes, Sire, voila de grands subjects de crainte :
Mais repensez encore à cette bonté feinte,
Qui luy faisoit tantost rechercher ardemment,
D'auoir tous vos soldats sous son commandement :
Que pretendoit-il faire auecques deux armées,
Sinon tenir la Thrace & Bisance opprimées ?

LA REINE.

A-t'il donc tesmoigné tant de temerité ?
Ah ! que doutons nous plus de cette verité ?
Seigneur, qui vous retient ? helas ! sans le connaistre,
Vous vous precipitez aux lacs que tend vn traistre :
Si vous ne nous croyez, croyez-en pour le moins
Ces voix de vostre cœur, muets, mais vrais tesmoins.

SOLIMAN.

Ne vous tourmentez point : j'y penseray, Madame,
Et vos sages aduis prendront place en mon ame.

Re

Retournons là dedans. O celeste bonté!

LA REINE.

Allons, mais qu'il souuienne à voste Majesté
Qu'on ne sçauroit trop tost preuoir à son dommage.

SOLIMAN.

C'est assez dit, Allons.

RVSTAN tout bas à la Reyne.

Prenons, prenons courage.

✳✳✳✳✳✳✳✳✳✳✳✳✳✳✳✳✳✳✳✳✳✳✳✳✳✳✳✳✳✳

SCENE CINQVIESME.

PERSINE. ALVANTE.

PERSINE.

ALuante est donc en fin émeu par mes discours
Et prend compassion de mes tristes amours.

ALVANTE tout bas ces deux vers seulement.

Pour guerir vn amant de sa melancolie,
Il faut faire semblant d'approuuer sa folie.

E

Ouy, ie me sens vaincu, Qui pourroit resister
A ce Dieu si puissant, & qui sçait tout donter ?
Suiuez donc seulement l'histoire commencée,
Et puis sur ce sujet i'ouuriray ma pensée.

PERSINE.

Ainsi tousiours le Ciel te soit propice & doux!
Suiuant donc cette audace ordinaire entre nous,
Ie m'habille en Guerrier, & contre la Scythie,
Conduis de nos Soldats la meilleure partie,
Et cependant qu'vn iour i'allois à petit bruit,
Cherchant vn lieu commode ou nous camper la nuit,
Voila, nous descouurons, dans vn bois assez sombre,
Vn Guerrier qui marchoit à la faueur de l'ombre,
Et qui s'auance enfin du le champ plus ouuert,
De l'ombrage du bois n'estoit pas si couuert.
Là de nous il fut joint, & quoy que l'apparence
Ne nous fist remarquer aucune difference,
Qu'il fust armé de mesme & parlast comme nous,
Pour ennemy pourtant il fut iugé de tous,
I'ordonne qu'on l'arreste, on court à l'instant mesme,
Luy ne s'estonne point dans ce peril extresme,
Mais l'espée à la main, il se vient presentant,
Et fait teste à tous ceux qui le vont combattant,

Il frappe, tuë, abbat, & donne trop à croire
Que le nombre tout seul empeschoit sa victoire;
Il resiste pourtant, & d'vn accent plus fier,
De ces mots menaçans les ose défier:
Oüy, poltrons ie mourray puis que le Ciel l'ordonne;
Mais ie vous vendray cher mon sang & ma personne:
Son courage, son sort, ces mots, cette action,
Firent naistre en mon cœur de la compaßion:
Ie cours où le combat plus violent se montre,
Et iustement i'arriue (agreable rencontre)
Lors que de mille coups son armet entr'ouuert,
Se lasche & laisse voir sa face à descouuert:
Tel qu'apres maint éclair & le bruit du tonnerre,
Le Soleil apparoist plus riant à la Terre,
Tel brilla ce visage en cét heureux moment;
Mille rayons de feu luy seruoient d'ornement,
Et son œillade estoit de tant d'attraicts pourueuë,
Que tout au mesme instant il m'eßloüit la veuë,
Et me remplit le sein d'vne telle amitié,
Qu'außi-tost elle change en amour ma pitié.
Ainsi pour le tirer de ce peril extresme,
Ie luy fais contre tous vn bouclier de moy-mesme;
Et crie à mes soldats, d'vn accent de courroux,
Qu'ils appaisent leur rage & retiennent leurs coups;

Puis retournant mes yeux dessus son beau visage,
D'vn ton plus gratieux ie luy tiens ce langage:
Veuillez, braue guerrier nous ceder desormais,
Receuez de nos mains & la vie & la paix,
Et si de nous ceder vous auez quelque honte,
Cedez du moins au sort, c'est luy qui vous surmonte:
Si vous ne desdaignez la fille d'vn grand Roy,
Soyez son seruiteur & vous rendez à moy.
A moy qui suis Persine: à ceste voix derniere
Ie leue mon armet, ie hausse ma visiere;
Il me contemple, il tremble, vne morne pâleur
Luy dérobe, & luy rend sa vermeille couleur;
Et toutes deux cent fois partagent son visage;
Puis souspirant au Ciel, il luy tient ce langage;
O Dieu! que puis-je plus! i'apperçoy mon vainqueur:
Oüy, Madame, ie rends & l'espée & le cœur,
Tous deux ils sont à vous; là rompant sa harangue,
Il commit à ses yeux l'office de sa langue,
Ses yeux où ie lisois auec contentement
Les secrets qu'il n'osoit me dire ouuertement.
Voila quand & comment mon amour prit naissance,
Or entends maintenant comme elle prit croissance:
Et puis tu ingeras par quel heureux chemin,
Elle doit desormais paruenir à sa fin.

ALVANTE.

Qu'vne amour née en guerre & parmy les alarmes,
N'attende que la mort, & des subjets de larmes.

PERSINE.

Pourquoy vas-tu troublant de presages de mort
Le fortuné succez, que i'espere du sort?

ALVANTE.

I'apprehende pour vous, parce que ie vous ayme,
Et ne vous nuirois pas, non pas du penser mesme.

PERSINE.

Escoute donc comment s'auança mon amour:
Estant auecque luy vers mon camp de retour.
Ie le presse instamment de me faire connaistre
Son nom, & ce qu'en fin le Ciel l'auoit fait naistre,
Luy iurant de garder, quel que fust son secret,
L'inuiolable foy d'vn silence discret;
Et de plus luy donner, si c'estoit son enuie,
Entiere liberté, non seulement la vie:
Lors il me declara qu'aux Scythes inconnu,
Iusqu'où nous l'auions pris, seul il estoit venu;

Qu'il pretendoit de là, voir le pays des Perses,
Pour connestre des lieux les assiettes diuerses ;
Qu'encor qu'il pratiquast ce dangereux métier,
De la Thrace pourtant il estoit l'heritier :
Ioyeuse de sçauoir vne telle merueille,
Ie preste à ses discours vne attentiue oreille,
Rien ne m'asseurant mieux qu'il n'estoit pas menteur,
Que faisoit mon desir, amoureux & flatteur :
Apres ces mots s'accroist le feu qui me tourmente,
Car l'amour entr'égaux facilement s'augmente ;
Et lors ie reconnois, quoy qu'il n'en dise rien,
Que son brasier n'est pas moins ardent que le mien :
Comme d'vne autre part, encor que ie me taise,
Il reconnoist aussi mon amoureuse braise :
Car des cœurs enflämmez d'vn mutuel desir,
S'expliquent d'vne œillade & du moindre soûpir.
Nous fusmes quelque temps dans cette violence ;
Mais il fut le premier qui rompit le silence,
Et qui me descouurit sa flame en peu de mots,
Mais mots entrecoupez de pleurs & de sanglots :
Croyant qu'vn iour apres le decez des deux Princes,
Cela pourroit causer la paix dans nos prouinces,
D'vn esprit balancé de honte & de plaisir,
Ie l'escoute, me tais, approuuë son desir,

Et lors entre nous deux fut là foy d'hymenee,
Le Ciel pris à tefmoin, fecrettement donnée:
Cependant le Tartare en Perfe defcendit,
Tu fçais comme le Sort à fes vœux refpondit;
Si bien que dans vn fort triftement retirée,
De mon aymable efpoux ie me vis feparée,
Qui depuis me manda par vn moyen fecret,
Qu'il eftoit retourné dans la Thrace à regret,
En attendant le temps & l'heureufe iournee
Que nous verrions l'effet de cette foy donnee,
Dont voilà, cher Aluante, & la caufe, & la fin:
Ce qui m'ameine icy tu l'as fceu ce matin.
Donc puifque inceffammenт vn peuple l'enuironne,
Et que ie ne fçaurois luy parler en perfonne:
Si tu reffens pour moy quelque peu d'amitié,
Si, comme tu difois, mon feu te fait pitié,
Declare maintenant ce qu'il faut que ie faffe.

ALVANTE.

Vous pourriez efmouuoir vn naturel de glace:
Oüy, ie vous veux ayder, & par cette action
Vous tefmoigner l'ardeur de mon affection:
Quel foin plus glorieux me pouuiez vous commettre!
Ie vay porter au Prince & la fueille & la lettre:

Au cas que sans roder icy tout alentour,
Vous irez, au logis attendre mon retour.

PERSINE.

O mon amy fidelle, ô pere secourable,
Qu'à tes vœux, derechef le Ciel soit fauorable !
Tiens, auecque la lettre ou dans peu de discours,
Je reclame son ayde à mes longues amours,
Ce papier blanc signé que ie pris à mon Pere :
Qu'il reçoiue dans luy la Perse de doüaire,
Car il le peut remplir de ce qu'il luy plaira,
Et dessous ce cachet tout le monde plira.

ALVANTE.

Allez, & ie feray tout ce qu'il faudra faire.

PERSINE.

Je m'en vay, daigne Amour conduire cette affaire.

SCENE

SCENE SIXIESME.

ALVANTE, OSMAN.

ALVANTE.

Doncques est-il poßible ! ô Dieu quelle fureur !
Puis-je estre encore en vie à cét objet d'horreur !
OSMAN sans estre apperceu.
Comme tousiours le sort destruit ce que ie tente !
Mais quel nouueau visage à mes yeux se presente !

ALVANTE.

Mustapha, nostre Roy !

S'il espousoit persine, mais
Osman le prend à la lettre.

OSMAN.

    C'est quelqu'vn de ses gens,
Et sans doute quelqu'vn de ses nouueaux agens.
Escoutons-le.

ALVANTE.

    Et pour luy trahir ainsi son pere !
Son pere ! & son Royaume !

OSMAN.

    O fortune prospere !

F.

ALVANTE.

Me croire l'instrument de sa lâche fureur!
Comment pûst son esprit tomber dans cette erreur!
Moy porter ces papiers ou ta honte est enclose!
Ne permette le Ciel que ie me le propose.
Voila comme i'auois dessein de les porter,
Lors que ie te promis de les luy presenter.

Il les
deschire.

OSMAN.

Comme il est disparu! la colere l'emporte!
Encor si ces papiers deschirez de la sorte,
Par quelques mots entiers me rendoient éclaircy;
De ce dont en fuyant il me laisse en soucy;
Mais qu'est-ce que ie voy! Dieu l'heureuse auantûre!
C'est du Prince ennemy la propre signature!
C'est son propre cachet! qu'il nous vient à souhait!
Ie m'en vais à Rustan exposer tout le fait:
Il est bien si rusé qu'en ce peu de matiere,
Il treuuera subiect d'une ruine entiere.

Fin du second Acte.

ACTE III.
SCENE PREMIERE.

PERSINE. ALVANTE.

PERSINE.

*E Traistre a donc commis cette Infidelité,*
Aluante que dis-tu?

ALVANTE.

Ie dis la verité.

PERSINE.

O trois & quatre fois Persine infortunée,

ALVANTE.

D'autant plus qu'oubliant la promesse donnée,

F ij

L'impatiente ardeur de vostre ieune amour
Vous a fait si soudain preuenir mon retour,
Pour apprendre plutost ceste triste nouuelle.

PERSINE.

Ie n'ay donc plus de part à ce cœur infidelle!
Ie suis doncques trahie, & mon chaste desir,
N'obtiendra pour tout fruit qu'vn honteux desplaisir?
En vain ie prends les noms & d'Espouse & d'Amante,
Puis qu'on fait vn peché de ma flame innocente:
Mais qu'est-ce que tu dis à ce cœur inhumain?

ALVANTE.

Quand ie vis ces papiers déchirez de sa main,
Ah! grand Prince, luy dis-je, est-ce donc de la sorte,
Que vous reconnoissez vne amitié si forte?
N'estimez vous donc rien qu'elle ait quitté pour vous,
Tout ce qu'en son païs elle auoit de plus doux:
Que sans aucune suitte, & comme vne inconnuë,
Elle soit pour vous voir en ce lieu cy venuë?
Qu'elle ait esté rebelle à son père, à son Roy,
Plustost que de souffrir de vous manquer de foy?
Comment eut elle mieux contenté vostre enuie,
Qu'en vous liurant son cœur, son Royaume, & sa vie?

Seigneur, par voſtre bonneur, & par cette clarté,
Que vous n'ignorez pas tenir de ſa bónté,
Daignez preſter ſecours à cette infortunée,
Et donnez luy la vie, elle vous l'á donnee ;
Aimez donc qui vous aime, & luy gardez la foy.

PERSINE.

Ce diſcours, ſage Aluante, eſtoit digne de toy :
Mais que dit-il?

ALVANTE.

    D'vn cris de meſpris, & de rage,
(Car ces mots viuement piquerent ſon courage)
M'oſes-tu bien, dit-il, faire reſſoüuenir
D'vne foy que iamais ie n'ay voulu tenir?

PERSINE.

O Ciel!

ALVANTE.

    Et puis, dit-il, par vn pouuoir magique,
Et par cette ſcience en Perſe ſi publique,
Elle m'auoit alors empoïſonné le cœur,
Qui depuis grace au Ciel á repris ſa vigueur.

Et si de son honneur faisant si peu de conte,
Elle foule à ses pieds toute sorte de honte:
Je ne suis pas d'aduis de suiure ceste loy,
Et ce seroit mal fait qu'vn Prince comme moy,
Prist en affection, & moins en hymenée,
Vne fille dont l'ame est si desordonnée:
Partez doncques tous deux dans vne heure d'icy,
Ou n'attendez de moy ny grace, ny mercy;
Son visage à ces mots paroissant tout de flame,
Me ietta l'espouuante & l'horreur dedans l'ame,
Et ma langue & mon cœur resterent si confus,
Qu'aussi-tost ie m'enfuys sans luy repliquer plus.

PERSINE.

O Ciel! injuste Ciel! que fais-tu de ta foudre!
Laisses-tu les meschants sans les reduire en poudre!

ALVANTE.

Quoy qu'elle ait à souffrir de ce contrepoison,
Il n'importe, pourueu qu'il soit sa guerison.
Madame, il n'est plus temps desormais de se plaindre,
Craignons pour nostre vie:

PERSINE.

Hé! que puis-je plus craindre,

Si sans chercher ailleurs ce dernier reconfort,
Ie suis preste moy-mesme à me donner la mort?

ALVANTE.

L'excez de la douleur vous trouble & vous surmonte,
Vostre mort ne feroit qu'augmenter vostre honte.

PERSINE.

Mais elle amoindriroit vn si faScheux tourment.

ALVANTE.

Vn inuincible cœur endure constamment.

PERSINE.

Viuray-ie donc apres vne si grande offense?

ALVANTE.

Oüy, car c'est le moyen d'en tirer la vengeance:
Quittons donc ce pays, & si cét inhumain
Montre auoir maintenant vostre amour à desdain,
Qu'il vous trouue au retour sa mortelle ennemie,
Et dans son propre sang laue son infamie:
Allons, pour reuenir auec tant de soldats,
Que nous mettions sa teste & son orgueil à bas.

PERSINE.

Allons, c'est là raison que l'amoureuse flame
Cede aux feux que la haine attise dans mon ame:
Va donc pour donner ordre à nostre partement,

ALVANTE

I'y cours, ô d'vn tel tour l'heureux euenement!

PERSINE.

Mais quel est mon dessein, & quelle est ma pensée!
Moy-mesme plus qu'aucun ie me suis offensée:
Donc pour punir celuy qui m'a fait plus de tort,
C'est à moy seulement qu'il faut donner la mort.
Sus donc cœur imprudent, sus donc ame coupable,
Songeons à nous donner vn trespas honorable:
Mais que ce soit aux yeux de ce traistre & brutal,
Que ie voye en mourant l'objet qui m'est fatal,
Afin qu'au triste aspect d'vne fin si cruelle,
De son crime, il conçoiue vne horreur eternelle.

SCENE

SCENE DEVXIESME.

SOLIMAN, ACMAT.

SOLIMAN.

Voylà ce que ie crains, & pour me soulager,
Ie luy viens d'ennoyer en hafte vn meffager
Qui le r'appelle en Cour, afin que i'examine
Auec plus de loifir, fes difcours & fa mine :

ACMAT.

Sire, ie fuis furpris d'vn tel eftonnement,
Qu'à peine puis-je icy dire vn mot feulement :
Si vous auiez peu voir auec quelle franchife,
Il a receu l'armée à fa charge commife,
Ie fuis bien affeuré que voftre Majefté
Penferoit autrement de fa fidelité.

SOLIMAN.

Pour mieux executer fa trahifon mortelle,
Noftre ennemy fouuent prend le nom de fidelle.

ACMAT.

Mais qu'il eft encor vray qu'il n'eft point de poifon,
Qui plus mortellement bleffe noftre raifon,

G

Comme de croire trop à ces soubçons iniques
Qui sont suiuis enfin de mille actes tragiques:
Partant puis que ce poinct vous est encor permis;
Sire, foulez aux pieds ces soubçons ennemis.
Quoy doncques les vertus d'vn Prince magnanime,
Ne causeront en vous que la crainte d'vn crime?
Vne miniere d'or produit-elle du fer?
Et trouue-t'on au Ciel les horreurs de l'Enfer?
Que si tant de valeur vous trouble & vous estonne,
Non que vous craigniez rien de sa propre personne,
Mais que de vos subjets estant trop bien voulu,
Ils luy donnent sur eux vn pouuoir absolu;
Sçachez qu'il n'est chery d'vne amitié si forte,
Qu'à cause seulement de l'amour qu'on vous porte;
Hé par qui des mortels ne seroient estimez,
Ceux qui viênent de vous, & que vous mesme aymez?
Doncques si c'est pour vous qu'on l'honore & l'estime,
Qui pour luy, contre vous, voudroit cõmettre vn crime?
Et quoy sera-t'il dit que vostre Majesté
Ayt oublié si tost nostre fidelité?

SOLIMAN.

Soit la foy de mon peuple inuiolable & sainte:
Il me reste d'ailleurs de grands sujets de crainte,

Ce fils dénaturé joint auec les Perfans
Pour me perdre a-t'il pas des moyens trop puiffans?

ACMAT.

Le Prince voftre fils a l'ame trop prudente
Pour s'embarquer fans voir la fin de ce qu'il tente:
Hé comment combattroit l'ennemy pour autruy,
Luy qui ne peut garder fon Royaume pour luy?
Mais qui iufques icy de ces intelligences
A peu donner encor les moindres apparences?
Il eft vray qu'il a veu les pays ennemis,
Mais, Sire, vous auiez ce voyage permis;
Vous fceuftes ce qu'il fit durant tout fon voyage,
Et fi quelque entreprife euft trahy fon courage,
Vous auriez peu bien-toft vous en apperceuoir,
Ou quelque amy fecret vous l'auroit fait fçauoir:
Non, non, Sire, croyez qu'vn cœur épris de gloire
Ne conceura iamais vne action fi noire.

SOLIMAN.

Vn grand cœur toufiours monte, & fuit audacieux
Le talent qu'en naiffant il a receu des Cieux:
Et quoy qu'à ma couronne il doiue feul pretendre,
Peut-eftre ayme-t'il mieux l'vfurper que l'attendre.

ACMAT.

Mais Sire, de sa gloire il est si fort ialoux,
Que l'on ne doit iamais apprehender pour vous
Que s'emparant ainsi d'vne chose asseurée
Il voulut perdre vn bruit d'eternelle durée:
Que vostre Majesté pense donc à cecy,
Et chasse, s'il luy plaist de son cœur, tout soucy.

SOLIMAN.

Ie commence à le faire, & sens qu'à ta parole
Mon cœur moins agité s'appaise & se console:
Vas, & s'il n'est party, retiens Geron chez toy,
Et luy dis qu'il attende vn autre ordre de moy.

ACMAT.

Grand Prince i'obeys.

SOLIMAN.

             Quelle est la citadelle
Qui nous mette en repos comme vn amy fidelle,
Voila que son discours enfin m'a desgagé
Des soubçons dont mon cœur se sentoit assiegé
Dans vne douce paix maintenant ie respire,
Et dessus moy la peur n'a plus aucun empire.

SCENE TROISIESME.

RVSTAN. SOLIMAN.

RVSTAN.

QVe vostre Majesté n'espere desormais
A ses tristes mal-heurs de trefue ny de paix;
Qu'elle appreste la mort à son fils infidelle,
Et contre les Persans vne guerre immortelle.
Sire, lisez ce mot qui vient d'estre arraché
Par mon fidelle Osman, d'vne espion caché.

SOLIMAN.

Il s'adresse à mon fils ! detestable auenture ¡
C'est du Prince ennemy la propre signature ¡
C'est son propre cachet ! ô Ciel secourez nous.

RVSTAN.

Mais tout vostre salut ne depend que de vous.
Sire, hâtez-vous donc ainsi que veut l'affaire,
En ces occasions, il se perd qui differe.

SOLIMAN lit.

Ie n'attens pour partir que voſtre mandement.
Cette puiſſante armée eſt deſia toute preſte.
Commencez ſeulement d'attaquer cette teſte,
Et vous ſerez par moy ſecouru promptement.

Qu'ay-ie leu ! mais allons aduiſer au remede :

RVSTAN.

O bien-heureux Ruſtan, que la fortune t'aide.

SCENE QVATRIESME

MVSTAPHA. ORMENE.

MVSTAPHA.

QVe ſi le Meſſager n'eſt indigne de foy,
Au Palais de la Reine, on doit trouuer le Roy :
Voicy donc le plus court ; Mais voy-ie pas Ormene !
Comment m'as-tu ſuiuy bon Pere & qui t'ameine!

ORMENE.

Seigneur, i'acours à vous, & ie rends grace aux Cieux,
Qu'encore aſſez à temps ie vous trouue en ces lieux :

Certes si i'eusse esté present à ce message,
Ie m'y susse opposé ; mais de tout mon courage,
Pour la crainte que i'ay d'vn sinistre accident,
Qui dedans mon esprit se rend presque euident.

MVSTAPHA.

Que crains-tu ?

ORMENE.

I'apprehende, & non sans iuste cause,
Que l'on n'ait contre vous machiné quelque chose :
Pourquoy si promptement vous r'appeller en Cour,
Vous mandant de tenir secret vostre retour ?
A peine en sortez vous, & nous deuons bien croire,
Que Soliman n'a rien laissé dans sa memoire.
Quel desir pourroit donc rendre en si peu de temps
D'vn Roy si resolus les conseils inconstans ?
Ah ie voy les serpens qui se cachent sous l'herbe,
C'est la Reyne elle-mesme, & Rustan le superbe,
Dont la rage vomit son venin contre vous.

MVSTAPHA.

Quelle raison pourroit exciter leur courrous ?
ORMENE.
Ie croy que dans Rustan vostre insigne merite
Desià depuis long-temps cette rancune excite,

Le merite à la Cour est rare & pretieux,
Et tousiours exposé pour butte aux enuieux;
Mais ce qui plus que tout a sa rage enflamée,
C'est de voir que le Roy vous a fait chef d'armée:
Ie sçay que ce matin il ne l'a peu souffrir,
Presumant qu'à luy seul ce rang se deust offrir.

MVSTAPHA.

Et qui peut conceuoir vn courroux équitable,
Pour vn choix que chacun trouue si raisonnable?

ORMENE.

Quoy que ce qui nous nuit se fasse iustement,
On ne le sçauroit voir sans mescontentement :
Si bien que secondé du courroux de la Reine,
Il dresse à vostre vie vne embusche certaine;
Et vous n'ignorez pas quelle iniuste raison
Peut obliger la Reine à cette trahison :
Seigneur, elle est marastre, & de plus ne demande
Que de voir chaque iour sa puissance plus grande:
Mais elle craint de vous, pour elle & pour Selin,
A leurs iours glorieux, vne cruelle fin.

MVSTAPHA.

Quiconque craint de moy quelque offense, il s'abuse:
Mais quels seroient leurs lacs? quelle seroit leur ruse

Quelle

Quelle puiſſance ont-ils, & quel droit deſſus moy?
N'ay-je pas pour deffenſe & mon Pere, & mon Roy?

ORMENE.

Ah Seigneur, vous feignez, de ne me pas entendre,
Sçachant que le Roy ſeul ſur vous peut entreprendre,
Ils vous auront vers luy quelque crime impoſé.

MVSTAPHA.

Et dequoy Mustapha peut-il eſtre accuſé!
Ma foy n'eſt-elle pas à mon Pere aſſez claire?

ORMENE.

Mais les ruſes & l'art que ne peuuent-ils faire?
Manquent-ils de matiere à leur ſubtilité,
Ou de fauſſe couleur à leur méchanceté?
Hé qui ſçait s'ils n'ont point deſſeigné voſtre perte
Sur cette amour, par eux, malgré nous deſcouuerte?

MVSTAPHA.

Ce ſeroit là vrayment vn deteſtable tour,
De faire reüſſir leur haine par l'amour!
J'ayme, ie le confeſſe (& tu connois Ormene
Quelle eſt à ſon ſujet mon amoureuſe peine)

H

La fille de Tamas, Roy de nos ennemis,
Persine, en qui le Ciel tous ses thresors a mis:
Et toutesfois (permets qu'icy ie le redie)
Bien loin de me noircir d'aucune persidie,
Si ie ne puis enfin gaigner dessus le Roy,
Que par vn doux hymen ie dégage ma foy:
Si, dis-ie, ie n'obtiens dedans cette entreprise,
Ou que par la victoire elle me soit acquise,
Ou bien mesme qu'estant des Perses surmonté,
Mon Pere me la daigne offrir par sa bonté:
Pour ne pas offenser mon Roy pour l'amour d'elle,
Pour ne la pas trahir ny rester insidelle,
Ie me tüaray moy-mesme, & de cette façon
Ie m'exempteray bien de blasme & de soubçon.

ORMENE.

Seigneur, si la bonté de cette ame ingénuë,
Comme elle l'est au Ciel, en terre estoit connuë,
Ie suis bien asseuré, que ny de cette part,
Ny d'ailleurs vous n'auriez, à courre aucun hazard:
Mais quoy, l'œil des mortels ne connoist pas ces choses:
Voyez donc si ie crains auec de iustes causes,
Et vous-mesme iugez, combien il est besoin,
D'apporter en ce fait, de prudence & de soin,

MVSTAPHA.

J'approuue ta sagesse, Ormene, & ie l'escoute:
Mais ta peur apres tout, n'est que sur vne doute:
Si bien que ie ne puis, sans manquer au deuoir,
N'aller pas vers mon Pere apprendre son vouloir;
I'y vais, & que le Ciel m'aide si i'en suis digne.

ORMENE.

Seigneur, ne bouge, et voy qu'Adraste t'en fait signe.

SCENE CINQVIESME.

ADRASTE. MVSTAPHA. ORMENE.

ADRASTE.

A Hgrand Prince ! fuyez cette maudite Cour,
Ou l'on a conspiré de vous priuer du iour.

MVSTAPHA.

Que veut dire, & d'où vient mon Adraste fidelle?

ADRASTE.

Du camp, ou ce malheur vous-mesme vous r'appelle.

MVSTAPHA.

L'homme ferme & constant n'a pas le pied leger,
Et ne se trouble point sans sçauoir le danger.
Apprends moy donc deuant, ce qui te met en peine.

ADRASTE.

C'est, Seigneur, en vn mot, que Rustan & la Reine,
Pour vous perdre, ont de vous en diuerses façons,
Dedans l'esprit du Roy, jetté de faux soubçons.

ORMENE.

O de ma triste peur asseurances trop grandes!

MVSTAPHA.

Mais en es-tu certain? ou si tu l'apprehendes?

ADRASTE.

Vous n'estiez pas encor de nostre camp sorty,
Que i'en fus en secret aussi-tost aduerty:
Ainsi, Seigneur, tandis que vous le pouuez faire,
Euitez promptement son injuste colere.

ORMENE.

Fuyons, mon fils, fuyons.

MVSTAPHA.

L'innocent est trop fort,
Il est inuulnerable à tous les traicts du sort.

ORMENE.

Mais qui se peut garder du venin de l'enuie?

ADRASTE.

Seigneur, c'est lascheté d'aymer par trop la vie,
Et de ne pas mourir à l'heure qu'il le faut;
Mais de mourir à tort, c'est vn pareil defaut.

ORMENE.

Ah Seigneur! Ah mon fils! par tes ieunes années,
Autrefois par mes soins tendrement gouuernées;
Par mon affection, par mon ardente foy,
Conserue toy, mon fils, & pour nous, & pour toy:
Fuys nostre perte à tous, fuys cette injuste mere,
Fuys du traistre Rustan la malice ordinaire,
Euite la fureur de ce Pere irrité,
Et laisse auec le temps sortir la verité.

MVSTAPHA.

Non, ne differons plus, qui differe est coupable.

ORMENE.

Hé mon Fils!

ADRASTE.

                Entendez vn mot irreuocable,
Que le Dieu Tout-puiſſant qui punit les peruers,
Tienne deſſous mes pieds les abyſmes ouuerts,
Si ma promeſſe n'eſt de ſon effect ſuiuie :
Il vous faut, ou regner, ou bien perdre la vie :   (Roy,
Mais Adraſte auiourd'huy vous ſauue & vous fait
Et l'armée, & la Cour, tout eſt preſque pour moy :
Sus donc, qu'attendons-nous ? Le Deſtin fauoriſe
Ceux qui ſuiuent hardis vne belle entrepriſe.
Nous te declarons Roy : Compagnons criez tous,
Viue le ieune Prince.

MVSTAPHA.

                      Amis, que faictes-vous ?
Plutoſt, plutoſt qu'il meure :

ADRASTE.

                  Ah, Seigneur, quelle rage!

MVSTAPHA.

Mais dis que c'eſt l'effect d'vne affection ſage,

Qui desire empescher vos crimes par ma mort.

ADRASTE.

Mais ce remede seul détourne vostre sort.

MVSTAPHA.

Sans l'honneur qui vrayment est l'ame de la vie,
La vie est elle un bien digne de nostre enuie?

ORMENE.

Ouy, mais si Soliman vous contraint de mourir,
Et que par tout le monde il fasse apres courir
D'vne innocente fin, vne raison infame,
Vostre mort sera-t elle honorable & sans blasme?

MVSTAPHA.

Le Temps descouurira la verité du faict.

ORMENE.

Vinez donc, pour joüyr de cét heureux effect.

****

SCENE SIXIESME.

MESSAGER. MVSTAPHA. ADRASTE. ORMENE.

MESSAGER.

O Seigneur, retournez, retournez à l'armée ;
Ou parmy tous les Chefs la nouuelle est semée,
Que vostre teste court vn funeste danger,
Desià l'on se soûleue afin de vous vanger.

MVSTAPHA.

O de tous mes mal-heurs, le mal-heur plus extresme !
Retourne, mais retourne Adraste aussi toy-mesme,
Si iamais ta bonté me daigna secourir,
Et leur dis que ie vis.

ADRASTE.

                                        Mais que tu vas mourir.
Pensez-vous que des gens remplis de défiance,
Aux paroles d'autruy prestent si tost creance ?
A peine voudront-ils s'en fier à leurs yeux,
Seul vous appaiserez leurs esprits furieux.

                                                ORMENE.

ORMENE.

Si de ce cœur fidelle, & de ce grand courage,
Vous craignez que le Roy prenne le moindre ombrage,
Seigneur, vous iugez bien qu'il est plus à propos,
Que vous-mesme y mettiez la paix & le repos.

ADRASTE.

Seigneur, trouuez-vous pas cét aduis raisonnable?

MVSTAPHA.

Que trop; allons-y donc, ô Sort impitoyable !

Fin du troisiesme Acte.

ACTE IIII.
SCENE PREMIERE.

SOLIMAN. RVSTAN. ACMAT.

SOLIMAN.

Ourquoy s'en retourner au camp si promptemēt,
Et ne pas obeyr à mon commandement?
Non non, sa trahison n'est que trop descouuerte,
Rien ne le peut sauuer, ny retarder sa perte:
Ie veux de viue force entrer dedans son camp,
Et faire qu'il y soit puny dessus le champ.

RVSTAN.

C'est de cette façon qu'vn grand Prince doit faire:

ACMAT.

Mais non de la façon que doit agir vn Pere.

SOLIMAN.

A l'endroit d'vn tel Fils, vn Pere auec raison
Peut oublier de Pere & l'amour & le nom.

ACMAT.

Mais il faut que du moins l'humanité le touche.

SOLIMAN.

On n'en a point enuers vne beste farouche.

ACMAT.

On en a toutesfois souuent quelque pitié.

SOLIMAN.

Celuy-là soit hay qui n'a point d'amitié.

ACMAT.

Donc vn si braue Fils mourra sans qu'on l'escoute?

SOLIMAN.

Quel besoin de l'oüir si son crime est sans doute?

ACMAT.

Mais quel signe le rend criminel comme on dit?

SOLIMAN.

Quel indice veux-tu plus clair que cét escrit?

ACMAT.

Par ma fidelité qui vous est si connuë,
Par mon affection & si pure & si nuë:
Daignez, Sire, prester l'oreille à ce propos,
Par ou ie remettray vostre esprit en repos.

SOLIMAN.

Parle donc, ie veux bien te donner audiance.

RVSTAN.

Le moindre delay, Sire, est de grande importance.

ACMAT.

Ie ne veux point icy repeter les raisons,
Qui le font croire exempt de telles trahisons:
Ie ne propose point quelque autre conjecture,
Qui me fait soubçonner la lettre d'imposture:
Et que vous entendrez, Seigneur, tout à loisir,
Lors que vous en aurez le temps & le desir,
Ie dis, que comme c'est vne subtile ruse,

Et dont entre ennemis le plus souuent on vse,
Peut-estre cét escrit vint de nos ennemis
A dessein seulement d'estre en vos mains remis,
Pour rendre vostre Fils suspect par cette adresse,
Et renuerser sur nous l'embusche qu'on leur dresse.

RVSTAN,

L'interprete subtil

ACMAT.

Veritable pourtant:
Mais, Sire, ces soldats que l'on redoute tant,
Et par qui Mustapha vous doit faire la guerre,
Où furent-ils leuez? & quel lieu les resserre?
Puis que vos espions, qui vont par tout rodants,
N'en ont peu découurir aucun signe euident,
S'il est vray que ce soit vne inuisible armée,
Pour moy, ie la croiray de fantosmes formée,
Et qui, si vous daignez, y ietter seulement
Vn des moindres rayons d'vn si clair iugement,
Disparoistront bien-tost comme dans les lieux sombres,
A l'aspect du Soleil, disparoissent les ombres:
Vous verrez que ce camp qui nous fait tant de peur
N'est qu'vn camp fabuleux, chimerique & trompeur,

RVSTAN.

Sire, encore vne fois ie declare & protesté,
Que puis que nous voyons le crime manifesté,
C'est auecques danger, mais danger tres-preſſant,
Que l'on s'efforce en vain de le rendre innocent.
A quoy bon recourir aux fantoſmes, aux fables,
Ayant entre nos mains des preuues ſi palpables?
Mais puis que le fait touche à voſtre Majeſté,
C'est la raiſon qu'on ſuiue icy ſa volonté.

SOLIMAN.

En effet, cher Acmat, ie ne vous dois pas croire,
Apres ce que ie voy d'vne action ſi noire :
C'est pourquoy ne pouuant demeurer aſſeuré,
Et laiſſer impuny ce fils dénaturé,
Ie veux que les horreurs de ſa mort criminelle,
Apprennent à chacun à m'eſtre plus fidelle.

ACMAT.

O Siré qu'il ſouuienne à voſtre Majeſté,
Du mal qui peut venir d'vn conſeil trop haſté.
Faut-il qu'vn Roy ſi ſage, & ſi plein de clemence,
Condamne à mort ſon Fils ſans ouÿr ſa deffençe?

Son Fils, dis-je, ô doux nom qui marque le lien
Que la Nature a mis de voſtre ſang au ſien.
Les eſcadrons des Roys, & leurs puiſſans aſyles,
Sont au prix des enfans des forces trop debiles.
Quand le meilleur amy nous quitte & cede au temps,
Seuls parmy les mal-heurs ils demeurent conſtans:
C'eſt pour eux que le Ciel pouruoit à nos dommages,
De nous-meſmes ils ſont les viuantes images.
Donc ſans reſpect de vous, ny de ſon amitié,
Peut-eſtre ſans raiſon, mais touſiours ſans pitié:
Souffrirez-vous, Seigneur, que la fureur vous porte,
Iuſqu'à faire perir voſtre Fils de la ſorte,
Sans qu'il ſe iuſtifie, ou demande pardon?
Puis que meſme il deuroit obtenir vn tel don:
Que d'vn Roy genereux la vengeance eſt bannie,
Et qu'vne ame bien née eſt touſiours mieux punie,
Et reçoit de ſa faute vn plus ſeur chaſtiment
Quand on remet ſa peine à ſon reſſentiment.
Enfin que la douceur eſt d'autant plus loüable,
Plus on peut conceuoir vn courroux équitable.
Sire, vous eſtes Roy, les Roys ce ſont des Dieux
Qui pardonnent ſur terre, ainſi que l'autre aux Cieux.

RVSTAN.

Ny les Dieux d'icy bas, ny les puiſſances hautes

Ne nous pardonnent pas toute forte de fautes:
Mais comme son difcours donne au Roy du foucy,

ACMAT.

Seul, vous deuez, Seigneur, vous confulter ainfi,
Vous ne fçauriez, auoir vn Confeiller plus fage.

RVSTAN.

Termine deformais cét importun langage,
Et fonge pour le moins que çommettre vn forfait,
Ou le deffendre trop, c'eft le mefme en effect.

ACMAT.

Ie n'apprehende rien, çar aupres de mon Maiftre,
Et mon zele, & ma foy fe font affez pareftre.

SOLIMAN.

O Fils!

ACMAT.

Seigneur, voicy venir la verité.

RVSTAN.

Et de tous mes dangers, le moins premedité.

SCENE II.

SCENE DEVXIESME.

SOLIMAN. DEVIN. RVSTAN. ACMAT.

SOLIMAN.

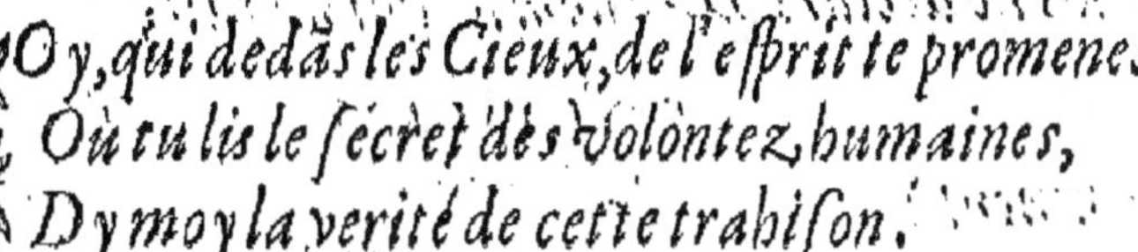

Oy, qui dedãs les Cieux, de l'esprit te promenes,
Où tu lis le secret des volontez, humaines,
Dy moy la verité de cette trahison.

DEVIN.

La trahison est vraye, & faite sans raison.

RVSTAN.

Sire, que faut-il plus?

DEVIN.

Mais le traistre se cache,
Et couuré auec son nom, vne action si lasche,
Qui non plus que son nom ne se cognoistra pas,
Qu'apres l'euenement de son iuste trépas.

RVSTAN
Dieu! qu'est-ce qu'il veut dire!

K

SOLIMAN.

Et pourtant cette létre
M'apprend la trahison, auec le nom du trêtre?

DEVIN.

Cette lettre, de vray, monstre assez le forfait ;
Mais ne declare pas le nom de qui l'a fait,

SOLIMAN.

Comment ?

RVSTAN.

Ie suis perdu.

SOLIMAN.

De quelle part vient elle?
Et n'apprend elle pas vne embusche mortelle?

DEVIN.

Cét escrit que tu tiens, & qui t'emplit d'effroy,
S'addressant à ton Fils, ne regardoit que toy.

RVSTAN.

Ouy, Sire, il regardoit vostre seule Couronne.

ACMAT.

Plustost ne s'adressoit qu'au Roy mesme en personne.

SOLIMAN.

Responds moy seulement encore sur ce point,
Est-il vray que mon Fils au Persan se soit joint?

DEVIN.

Bien plus que tu ne crois, & sans estre coupable.

SOLIMAN.

Comment se fait cela?

DEVIN.

      Mon dire est veritable:
Mais ie ne sçaurois pas t'expliquer clairement,
Ce que ie n'apperçoy qu'en ombre seulement;
Le reste surpassant mon humaine foiblesse,
Demeure ensepuely dans vne nuit espaisse.

RVSTAN.

Puis qu'on ne t'entend point, ne dis mot, & vas-t'en;
Tu rends le Roy resveur.

DEVIN.

      Oüy i'obeys, Rustan:

Mais si ie pars, tousiours le Ciel sur toy demeure,
Et parlera pour moy, deuant qu'il soit vne heure.

SOLIMAN.

Ie suis plus que iamais incertain & pensif:
Mais que veulent ces gens auecques ce captif?

RVSTAN.

Fascheux retardement.

SCENE TROISIESME.

PERSINE, SOLDATS, SOLIMAN,
ACMAT.   RVSTAN.

PERSINE.

Heureux subiect de joye,
Puis que ie puis aussi mourir par cette voye.

SOLDATS.

Sire, ce prisonnier Persan de nation,
Vient pour vous éclaircir de son intention.

SOLIMAN.

C'est sans doute, Rustan, quelqu'vn de ses complices.

RVSTAN.

Il faut qu'ille confesse au milieu des supplices.

ACMAT.

Dieu qu'est-ce cy!

SOLIMAN.

Comment l'auez-vous arresté?

SOLDATS.

Faisant garde, & rodant autour de la Cité,
Nous le vismes de loin comme hors de luy-mesme,
Les yeux estincelans, & le visage blesme;
Et creusmes aussi-tost qu'il connoit en son sein,
Ou venoit d'acheuer quelque mauuais dessein,
Apres nous estre enquis de cent choses diuerses,
Il nous dit qu'il estoit vn espion des Perses;
Et sans nous resister il fut conduit icy.

SOLIMAN.

Ieune homme, auoüez-vous ce que dit celuy-cy?

K iij

SCENE QVATRIESME.

ALVANTE. SOLIMAN. RVSTAN.
PERSINE. ACMAT. SOLDATS.

ALVANTE.

E LLE *est entre leurs mains , ô Ciel quelle dis-*
grace !

SOLIMAN.

Responds-moy donc : Es-tu de Perse, ou bien de Thrace ?

PERSINE.

Importune frayeur, & qu'est-ce que ie crains ?
La mort que i'apperçoy si belle entre leurs mains ?
Pourquoy trembler ? Ie suis de Perse & non de Thrace.

RVSTAN.

Voyez comme il respond, & qu'il est plein d'audace !

SOLIMAN.

Et de plus Espion ?

PERSINE.

Vous l'auez entendu.

ALVANTE.

Ah fille mal-heureuse ! hé Dieu ! tout est perdu.

SOLIMAN.

Tu mourras.

ALVANTE.

Ah Seigneur!

PERSINE.

Que veux-tu faire Aluante?

RVSTAN.

Quelle est de ce vieillard l'entreprise insolente?

ALVANTE.

De grace, par ces pleurs qui baignent tes genoux,
Daignes, puissant Seigneur, surmonter ton courroux,
Et ne vueilles priuer du iour vne personne,
Qui peut pour sa rançon t'offrir vne couronne.

SOLIMAN.

Cette affaire n'est pas de petit interest:
Leue-toy, bon vieillard, & m'apprends donc qui c'est.

PERSINE.

Ne dis rien, ou du moins secondant mon enuie,
Ne dis que ce qui peut me faire oster la vie.

ALVANTE.

Seigneur, sans vous tenir plus long-temps en soucy,
La fille de Tamas, Persine, la voicy,

PERSINE.

O par trop pitoyable, & trop cruel Aluante.

ALVANTE.

Seigneur, comme ie voy, ce mot vous espouuante:
Mais i'ay dit toutesfois la pure verité.

SOLIMAN.

Toy Persine !

PERSINE.

         A ce mot, si ton cœur irrité
De ma perte, conçoit vne plus forte enuie,
Il est vray, ie la suis, arrache moy la vie.

ALVANTE.

Seigneur considerez.

PERSINE.

         Que fais-tu ?

ALVANTE.

                     Ces cheueux
Qu'elle serre au dedans entortillez par nœuds:

SOLIMAN.

Mais quelle occasion en ce pays t'ameine ?

ALVANTE.

Seigneur, ie le diray.

PERSINE.

La naturelle hayne
Que contre ta personne, & contre tous les tiens,
Dans ce cœur genereux de tout temps i'entretiens,
Est l'vnique sujet qui m'ameine en Syrie,
Pour te faire sentir l'effet de ma furie.
Doncques que veux-tu plus, & qu'est-ce qu'on attend?
S'aymerité la mort, que differes-tu tant?

ALVANTE.

Seigneur, le vray subject, & quelle a voulu taire,
Est tel qu'il esteindra toute vostre colere;
C'est l'amour qu'elle porte au Prince vostre aisné,
Soubs la foy de l'hymen entr'eux deux destiné.

PERSINE.

Que tu me fais de tort!

SOLIMAN.

Dieu que viens-ie d'entendre!

RVSTAN.

Voilà cet innocent qu'Acmat vouloit deffendre!

L

Le crime est aueré, Sire, n'en doutons point,
Voila comme ce fils auec le Perse est ioint,
Voilà sa trahison.

ACMAT.

Dieu la triste auanture!

SOLIMAN.

Ie le reconnois trop, ah fils contre nature,
Et vous, dans peu de temps vous sçaurez, scelerats,
De quels maux ie punis de pareils attentats.

ALVANTE.

O deplorable Sort!

SOLIMAN.

Soldats, qu'on me l'emmeine,
Dans vn obscur cachot en attendant sa peine;
Et toy, vieillard, suy moy, tu seras mis aux fers.

ALVANTE.

O Persine.

PERSINE.

O tourmens d'vne main douce offers!

SCENE CINQVIESME.

SOLDATS. PERSINE.

SOLDAT.

Madame, de vos maux i'ay si fort l'ame attainte,
Et fay ce triste office auec tant de contrainte,
Que si l'on auoit mis l'vn & l'autre à mon choix,
Ie choisirois plustost de mourir mille fois.

PERSINE.

Quelle pitié tardiue amollit ton courage!

SOLDAT.

Vos beautez, vostre rang, vostre sexe, & vostre âge,
Que vous faites reluire auecques tant d'éclat,
Me touchent vous voyant reduite en cét estat;
Mais ce qui plus que tout sensiblement me presse,
C'est que de Mustapha vous soyez la Maistresse.

PERSINE.

Ah tais-toy, mon amy, de semblables propos

L ij

Bien plus que tu ne crois, nuisent à mon repos.
Sçaches que le subiet qui fait que tu m'eslimes
Indigne de ces maux, les rend seul legitimes :
Mais que voy-je bon Dieu ! de grace mes amis,
Qu'vn moment de delay me soit icy permis ;
Souffrez que ie reproche à qui m'oste la vie,
Qu'il a ce qu'il desire, & qu'elle m'est rauie :
C'est Mustapha qui vient, laissez moy veoir à luy,
Que de quelques propos i'allege mon ennuy,
Et si ie n'en sçaurois tirer d'autre vengeance,
Que ma langue du moins punisse son offence.

SOLDAT.

Amour, Maistresse, mort, vangeance, deplaisir ;
Mais soit ce qui pourra ; i'accorde ton desir.

PERSINE.

Ah veuë ! ah fier aspect ! ah cruel homicide !
Et ce qui passe tout, homme ingrat & perfide !
Dieu ! comme le venin qui de son sein glacé
Tout froid, iusqu'en mon cœur, par mes yeux a passé,
Me saisissant la langue & le pied tout ensemble,
Oste la voix à l'vne & fait que l'autre tremble.

SCENE SIXIESME.

MVSTAPHA. PERSINE. SOLDAT.

MVSTAPHA.

Vas t'en, & si quelqu'vn venoit dessus mes pas,
Enioins-luy de ma part de ne me suiure pas;
Et luy dis qu'aimant mieux vne mort glorieuse,
Que de viure vne vie à mon Prince odieuse,
Ie retourne à la Cour pour auoir le bon-heur
D'immoler s'il le faut ma teste à mon honneur :
Mais àfin que mon Pere auec plus d'asseurance
Sur ce flanc desarmé lise mon innocence,
Emporte cette espée, & vas pres de la Tour,
Ou si tu veux, au camp, attendre mon retour.

PERSINE.

Que les armes par toy sont iustement quittées,
Puis qu'elles en estoient indignement portees!
Qu'à bon droit tu deffends qu'on ne te suiue pas,
Ferois-tu bien le Prince ayant le cœur si bas?
Mais quitte aussi le iour, où dedans les boccages,
Vas te cacher parmy les Ours les plus sauuages,

Comme eux impitoyable, & sans aucune foy.

MVSTAPHA.

Veillé-ie, ou si ie dors! Dieu! qu'est-ce que ie voy!
Est-ce vne chose vraye, ou si c'est quelque songe,
Dont mon desir m'abuse auec vn doux mensonge!

PERSINE.

Non, ces liens ne sont ny mensongers, ny faux,
Tu me vois endurer de veritables maux,
Et la mort qui bien tost finira ma misere,
Ne sera point non plus fausse ny mensongere:
Doncques resiouïs-toy, superbe, déloyal,
Et qui foules aux pieds vn cœur de sang royal:
Contemple auec plaisir dans vne chaisne infame,
Et qui n'attend sinon l'heure de rendre l'ame,
Celle dont tu receus la lumiere du iour,
Et qui fut pour toy seul dans les liens d'amour.

MVSTAPHA.

C'est sans doute elle mesme, ô Dieu! troupe barbare!
Hé comment traitez-vous vne beauté si rare!

SOLDAT

Le Roy, braue Seigneur, l'a mise entre nos mains.

Jugez par là du reste.

MVSTAPHA.

O Destins inhumains!
En quel estat apres vne si longue perte,
Maintenant à mes yeux, par vous est-elle offerte!
Persine prisonniere! & pour tout reconfort,
Persine n'attendant que l'heure de la mort!
Persine qui pourroit retènir asseruie
Des Rois les plus puissans, la franchise & la vie!
Et pourquoy m'accuser de manquer à ma foy,
Moy qui n'aimay iamais, & qui n'ayme que toy?

PERSINE.

Tu ne te crois donc pas assez abominable
Si tu ne feins encor de n'estre pas coupable?
Que pretens-tu par là? d'accroistre mes ennuis?
Tu ne le sçaurois plus en l'estat où ie suis;
Ou si craignant d'en haut vne iuste vengeance,
Tu veux dissimuler & nier ton offence,
Et penses comme à moy pouuoir cacher aux Cieux,
Ce qu'ils n'öt que trop veu pleins de lumiere & d'yeux?
Non, non, n'espere pas leur cacher ton offence,
Et sçaches qu'ils prendront eux-mesme ma deffence.

Qu'auec les Elemens l'Vniuers me haïſſe,
Et pour me ſouhaitter vn plus rude ſupplice,
Que Perſine elle meſmè ait pour moy de l'horreur,
Si iamais mon eſprit conceût tant de fureur,
Et ſi dedans ce cœur qui garde ton image,
Mon amour ne te rend vn eternel hommage;
Que ne penetres-tu dedans mes ſentimens !
Que ne vois-tu Perſine en ce cœur ſi te mens !

PERSINE.

Quand tu m'en donnerois vne entiere aſſeurance,
Que me peut deſormais ſeruir ton innocence,
Puis qu'elle ne ſçauroit me ſauuer du treſpas?

MVSTAPHA.

On reſpectera plus de ſi diuins appas,
Et quand tant de beauté ne te pourroit deffendre,
Si quelqu'vn doit mourir, l'ay du ſang à reſpandre.

Fin du quatrieſme Acte.

ACTE V.
SCENE PREMIERE.

MVSTAPHA, & PERSINE, conduits au supplice.

MVSTAPHA.

Faut-il donc que ce fer, trop aimable Persine,
Se monstre si cruel à ta beauté diuine,
Et que nos cœurs vnis par l'Amour & le Sort,
Soient separez du coup d'vne si dure mort!
Mais pourquoy n'est-on pas content de mon supplice,
Sans que cette Princesse auecque moy perisse,
Qui ne peut en viuant donner aucun ennuy,
Ny s'vsurper la gloire ou le Sceptre d'autruy?
Ne reconnoist-on pas quelle est son innocence?
Si ce n'est que l'amour ait causé son offence.

M ij

PERSINE.

Mais plustost ce visage est luy seul criminel,
Et digne que ie souffre vn supplice eternel,
Puisque pour auoir eu le bon-heur de te plaire,
Il a de Soliman excité la colere.

MVSTAPHA.

Ce visage Persine a des attraits trop doux,
Pour estre le sujet d'vn si rude courroux:
Croy plutost que le Ciel jaloux des belles flames
Où s'alloient consommant nos innocentes ames,
Et dont nous receuions dans vn paisible accord
Des biens qu'on ne sçauroit gouster qu'apres la mort,
Le Ciel, dis-je, sur nous deschargeant son enuie,
A luy mesme entrepris de nous oster la vie:
Mais mourons constamment, & faisons voir ce iour
Qu'on nous peut bien oster la vie, & non l'amour.

PERSINE.

Que ce soit, cher Amant, ou le Ciel ou la Terre
Qui nous liure auiourd'huy cette funeste guerre,
I'en deteste l'autheur, mais la cause m'en plaist,
Et i'en benis l'effet tout iniuste qu'il est.

MVSTAPHA.

Auançons donc, Persine, & courons auec joye,
Où par arrest du Ciel vn Pere nous enuoye ;
Et puis qu'on nous deffend de nous joindre autrement,
Qu'en allant l'vn & l'autre ensemble au monument,
Allons mourir ensemble, & qu'au moins en ce mond
Nostre sang dans la mort se mesle & se confonde.

SCENE DEVXIESME.

LA REINE. SELINE.

LA REINE.

S Eline, c'en est faict, son arrest est donné,
On va faire mourir ce Prince Infortuné,
O Dieu quelle pitié dans moy se renouuelle,
Ie suis donc l'instrumeut d'vne mort si cruelle,

SELINE.

La raison, le deuoir, les loix de l'amitié,
Vouloient que vous eussiez de vous-mesme pitié,

LA REINE.

Mais il meurt innocent.

SELINE.

*   Il deuiendroit coupable,*
Empescher de faillir c'est estre charitable.

LA REINE.

Quoy doncques des soupçons legers & sans raison,
Auront peu me resoudre à cette trahison!
Non, ie ne puis souffrir ce reproche en mon ame,
Ie veux tout declarer.

SELINE.

*   Gardez-vous-en, Madame,*
Si vous vous accusez, vous attirez sur vous,
Du iuste Soliman, la haine & le courroux.

LA REINE.

N'importe.

SELINE.

Parlez bas, car nous serions perduës,
Si celuy-cy qui vient nous auoit entenduës.

SCENE TROISIESME.

ORMENE, LA REINE, SELINE.

ORMENE.

POſſediez-vous, Madame, vn eternel bon-heur,
Comme vous ferez grace à mon fils & Seigneur:
Car lors que vous ſçaurez, vn ſecret d'importance,
Vous vſerez ſans crainte enuers luy de clemence:
Muſtapha maintenant a les Cielix ennemis,
Non point comme ie croy, pour mal qu'il ait commis:
Mais parcé qu'il n'eſt pas de royale naiſſance,
Pour heriter du Sceptre & regner dans Biſance,
Encor qu'en ce point meſme il ſoit net de peché,
Et que iuſques icy ce fait luy ſoit caché:
I'ay touſiours reſerué ce ſecret dans mon ame,
Depuis qu'il fut enfant eſleué par ma femme:
Mais le voyant helas! ſi proche de la mort,
I'ayme encor mieux qu'il viue, & renonce à ſon ſort.

LA REINE.

Ce que tu dis, vieillard, me ſurprend & m'eſtonne

Muſtafa ne pourroit pretendre à la Couronne,
Et n'eſt-ce pas celuy que trois iours iuſtement,
Deuant les premiers cris de cét enfantement,
Ou de mon aiſné mort ie pleuray la diſgrace,
Mit pour ma perte au iour, la Sultane Circaſſe?

ORMENE.

Le iour que voſtre aiſné dans le monde parut,
Le meſme iour, le fils de Circaſſe mourut :
Elle qui ſur ce fils éleuoit ſon courage,
Craignant que ce trépas ne cauſaſt ſon dommage,
Afin de reparer cette injure du ſort,
Me pria de chercher vn viuant pour le mort :
C'eſt celuy que depuis la ſubtile Circaſſe
Fit croire à Soliman de ſon illuſtre race ;
Bien que de fort bas lieu ſans doute il ſoit venu,
Et que ie l'euſſe pris du premier inconnu,
Qui le debuant porter au loin dans vne ville,
Dont la mer qui la ceint rend l'abord difficille,
Conſentit aiſément à s'en veòir deliuré,
Moyennant cent ſequins qu'alors ie luy liuray
Auecques l'enfant mort qu'il mit en ſepulture.

LA REINE.

Ciel! eſtoit-ce donc luy! l'auare! le parjure!

Doncques

Doncques tant de ioyaux qu'il receut lors de moy
Ne purent l'obliger à me garder sà foy\
Mais dy-moy bon vieillard, toy qui dés sa naissance,
As de ce ieune Prince entiere connoissance,
Toy, dis-je, dont les soins furent creus suffisans,
Pour esleuer la fleur de ses plus tendres ans,
N'as-tu point sur son corps apperceu quelque marque?

ORMENE.

Le Ciel vouloit qu'vn iour il fust nostre Monarque;
Aussi pour cét effet receut-il en naissant
Sur le bras droit, vn signe en forme de Croissant.

LA REINE.

C'estoit mon propre fils ! & celuy de Circasse
L'enfant mort qui fut mis au sepulchre en sa place;
Naissant ie le perdis par trop de pieté;
Maintenant ie le perds par ma credulité.
Ie suis en son endroit doublement criminelle,
Pitoyable autrefois, & maintenant cruelle:
Car sçaches, bon vieillard, que l'on croit faussement,
Que mon premier enfant soit dans le monument:
Ie feigny cette mort pour luy sauuer la vie,
Craignant que par Circasse, elle luy fust raute,

Qui ne pouuoit souffrir (mais tu la connus bien)
De voir à Soliman d'autre enfant que le sien.
Ainsi pour euiter son embusche mortelle,
Ie voulus pratiquer cette ruse nouuelle,
Et i'ennoyois mon fils loin d'elle & du danger,
Dans vne place forte auec cét estranger,
Qui deuant que partir me donna (chose estrange)
L'autre enfant mort du Roy qu'il eut par ton eschäge,
Et qui sous vn destin plus heureux & plus beau
Fut pour mon propre fils porté dans le tombeau,
De mesme que du Ciel la sagesse profonde·
T'adressa vers celuy que i'auois mis au monde,
Afin que tous les deux, le viuant, & le mort,
Fussent creus fils du Roy, mesme malgré leur sort.

ORMENE.

O prodige!

SELINE.

O merueille!
LA REINE.
Allons donc tout à l'heure
Empescher si ie puis que mon cher fils ne meure,
Et si l'ayant trouué ie le pers auiourd'huy,
Moy-mesme ie mourray de regret & d'ennuy.

SCENE QVATRIESME.

SOLIMAN. ACMAT.

SOLIMAN.

IE sens, fidelle Acmat, vne pareille crainte
A celle dont i'auois ce matin l'ame attainte:
Les mesmes mouuemens, et la mesme terreur
Confondent mes esprits de tristesse et d'horreur.
O Dieu que dans nos cœurs la Nature est puissante!
Tout coupable qu'il est, son trespas m'épouuante.

ACMAT.

Ah Seigneur, cette horreur que vostre ame ressent,
Montre que Mustapha sans doute est innocent:
Sire, encore vne fois, au nom de la Nature,
Escoutez sa deffence, Acmat vous en conjure:
A la perte d'vn Fils qu'on ne peut reparer
Vn Pere sçauroit-il iamais trop differer?
Mais Dieu! voicy la Reyne & Rustan qui l'arreste,
A quelque autre dessein leur malice s'appreste.

<hr>

SCENE CINQVIESME.

RVSTAN. LA REINE. SOLIMAN.
ACMAT. ORMENE.

RVSTAN.

MAis Madame, escoutez ;

LA REINE.

                           Ie t'ay trop escouté ;
Ta trahison aura ce qu'elle a merité.
Non, toutes ces raisons ne m'en peuuent distraire,
I'apperçoy Soliman.

RVSTAN.

                       Hé ! que pensez-vous faire ?

LA REINE

Seigneur, c'est à moy seule.

RVSTAN s'enfuit.

                       O Ciel, ie suis perdu !

LA REINE.

A qui de Mustapha le chastiment est deu,
Ma mort plus que la sienne, est iuste et legitime,
Et seule contre vous, i'ay peu commettre vn crime,
Puis que i'ay conspiré contre mon propre sang,
Et ruyné celuy qui sortit de ce flanc :
Ie suis de Mustapha la veritable mere,
Et que cecy, grand Prince, appaise ta colere ;
Quel autre chastiment me peut estre donné,
Qui ne cede aux tourmens dont i'ay l'esprit gesné,
Marastre que ie suis, horreur de la nature
I'ay de mon propre fils creusé la sepulture.

SOLIMAN.

Mustapha vostre fils ?

LA REINE.

Ouy, Sire, asseurément :
Ce vieillard me l'enseigne, & vous sçaurez coment :
Cependant de Rustan l'ambition couuerte
M'a fait iniustement trauailler à sa perte,
Et ietter dans l'esprit de vostre Majesté
Des soupçons esloignez de toute verité :
Ou souffrez donc, Seigneur, qu'auec luy ie perisse,
Ou que i'aille à l'instant le tirer du supplice.

SOLIMAN.

O Ciel ! qu'ay-je entendu ! Courez, Courez, Soldats,
Que son funeste arrest ne s'execute pas.

ACMAT.

O doux commandemens !

ORMENE.
O bien-heureux Ormene !

SOLIMAN.

Mais i'apprehende fort que leur course soit vaine.

LA REINE.
Seigneur, j'auois desia de moy-mesme mandé,
Que son supplice fust quelque temps retardé,
Craignant qu'on ne courust trop tard à sa deffence,
Quand vostre Majesté sçauroit son innocence.
Mais, Seigneur, accordez au Zele tout puissant,
Que pour son propre sang vne mere ressent,
Que ie coure moy-mesme aussi le reconnestre,
Et que i'aille embrasser celuy que i'ay fait naistre.

SOLIMAN.
Allez, Madame, allez, & l'amenez icy.

SCENE SIXIESME.

SOLIMAN. ACMAT.

SOLIMAN.

IE ne puis rien comprendre à tout ce discours cy!
Car si de Mustapha l'innocence est si grande,
Que veut dire l'escrit que l'ennemy luy mande?
Encor qu'en tout le reste on ait peu m'abuser,
En cecy pour le moins n'a-t'on sceu m'imposer;
Car voilà de Tamas la propre signature.
C'est son propre cachet c'est sa propre escriture!

ACMAT.

La Reyne qui seruit d'instrument au forfait,
Seigneur, éclaircira la verité du fait:
Mais vous n'ignorez pas auecque quelle ruse
Ce traistre sçait charger l'innocent qu'il accuse;
Et vous auez peu veoir comme au premier accent,
Que la Reyne a formé par ce fils innocent,
Le perfide a iugé sa trame descouuerte,
Et s'est mis à fuyr asseuré de sa perte;

Ce qui declare assez qu'il n'ose se fier
Al'escrit qui pourroit seul le iustifier.

				SOLIMAN.

De mon Fils Mustapha l'innocence auerée;
Au perfide Rustan la mort est asseurée;
Mais vn autre sujet de mon estonnement,
C'est que ie ne puis voir par quel euenement,
Mustapha pourroit estre aussi fils de la Reyne,
Quoy qu'auecques plaisir, certes i'en suis en peine.

				ACMAT.

Cecy pareillement me rend fort estonné,
Car son aisné mourut aussi-tost qu'il fut né.

				SOLIMAN.

Mais personne ne vient, helas! que i'apprehende
Qu'on ait executé ce que l'arrest commande;
Ah Dieu! s'il est ainsi qu'on l'execute à tort,
Puis-je mourir apres d'vne assez rude mort.

				ACMAT.

Seigneur voicy la Reyne, & son Fils qu'elle embrasse.

							SCENE

SCENE SEPTIESME.

LA REINE. MVSTAPHA. PERSINE.
ALVANTE. SOLIMAN. ACMAT.

LA REINE.

C'Eſt le ſubjeçt, mon Fils, d'où prouient ta diſgrace,
Et ſur tout de la lettre' Il ne te reſte plus
Qu'à te iuſtifier au Prince, là deſſus.
Le voilà qui t'attend pour ouyr ta deffence.

SCENE HVITIESME.

OSMAN ſuruient.

O Triſte deſeſpoir! ô diuine vangeance!
Seigneur, Ruſtan eſt mort!

SOLIMAN.

Comment! de quelle mort!

OSMAN.

Il a fait ſur ſoy-meſme vn violent effort.

O

SOLIMAN.

Et pour quelle raison?

OSMAN.

Ayant veu que Madame
Accusoit sa malice, & son injuste trame,
Il est dans son logis accouru furieux,
Et d'vn coup de sa main tombé mort à mes yeux.

SOLIMAN.

Son bras a seulement preuenu ma iustice,
Et le triste appareil d'vn infame supplice,
Il eust appris le Traistre à vomir son poison
Autre-part que sur ceux qui sont de ma maison.

LA REINE.

Ainsi le Ciel luy-mesme a puny son offence.

SOLIMAN.

A ce point prés, mon fils, ie voy ton innocence,
Comment donc pourras-tu respondre à cét escrit?

OSMAN.

Seigneur, i'en puis tout seul esclaircir vostre esprit:

Espiant prés du camp, comme voulut mon maiſtre,
Dequoy rendre à vos yeux le ieune Prince traiſtre;
Des papiers deſchirez s'offrent à ce deſſeing,
Où de Tamas eſtoient le cachet & le ſeing;
Ie les donne à Ruſtan, qui trop plein d'artifice
Les employe auſſi-toſt à ce damnable office:
Le nom du Roy Tamas d'vne aiguille il picqua,
Qu'au pied d'vn papier blanc aprés il applicqua:
Puis il ſeme deſſus vne poudre menuë,
Mais de qui la noirceur ſur le blanc retenuë,
Laiſſe apres à ſa plume vn moyen fort aiſé
De paſſer ſur le nom qu'il auoit ſuppoſé:
Enfin le cachet mis en ſa forme ordinaire,
Il trace cét eſcrit changeant ſon caractere,
Et vous le vint offrir le feignant arraché
D'vn Perſan, qu'il vous dit que ie treuuay caché.

ALVANTE.

Ie fus de tout le mal l'occaſion premiere,
Et ſeul à ſa malice ay fourny de matiere;
Car au lieu de tenir ce que i'auois promis,
Ces papiers par moy-meſme en pieces furent mis;
Et penſant ruyner les amours de Perſine,
Malheureux que ie ſuis, ie cauſay ſa ruyne;

Car auecques l'escrit qu'elle m'auoit donné,
Estoit du Roy son Pere vn papier blanc siné.

MVSTAPHA.

Persine, vne autrefois me croirez-vous coupable?

PERSINE.

Ne deuois-je pas croire Aluante veritable,
Luy que i'auois tousiours trouué digne de foy?

MVSTAPHA.

Doncques vous le croyiez plus fidelle que moy?

LA REINE.

Seigneur, son innocence est desormais trop claire.

SOLIMAN.

Mais comment pût la Reyne ignorer ce mystere?

OSMAN.

La voyant seconder ses desseins à regret,
Il n'oza luy fier cet important secret;
Au contraire il vouloit la tromper elle-mesme,
Afin que se iugeant dans vn peril extresme,

Elle vous conjuraſt auecques plus d'effect,
De procurer la mort de l'autheur du forfait.

SOLIMAN.

O perſide Ruſtan¡ dont la noire malice
Meritoit les horreurs d'vn plus cruel ſupplice¡
Quel eſtoit ton deſſein ſinon par mon erreur
Me rendre à tous les miens vn objet plein d'horreur¡
O Dieu¡ que dans la Cour, meſme au Throſne où nous
    ſommes,
On doit apprehender les embuſches dés hommes ¡
Et toy, fidelle Acmat, dont la ſage raiſon,
Touſiours de ſon venin fut le contrepoiſon:
Que tu meritois mieux l'heureux titre de gendre
De celuy dont le Fils tu ſçais ſi bien deffendre:
Mais toy, mon Fils, pardonne à ton Pere ſeduit
Le funeſte danger où tu t'es veu reduit;
Et dont les iuſtes Cieux par leur muet langage
Me donnoient ce matin vn aſſeuré preſage;
Cela me monſtre aſſez combien tu leur es cher,
Et que ſans ſacrilege on ne te peut toucher:
Auſſi reconnoiſſant tes vertus nompareilles
Ie deuois croire moins mes yeux & mes oreilles.

MVSTAPHA.

Pere, & Roy, le meilleur & plus grand des humains,
Et ma vie & ma mort sont bien entre vos mains,
Vous auez trop de soin de l'ame la plus basse,
Pour ne pas mesnager le sang de vostre race:
Puis de quelque façon que vint vostre courroux,
Que pouuoit-il m'oster qui ne fust tout à vous ?
Pardonnez seulement à cette belle Amante
L'exceZ où la porta son ardeur vehemente ;
Aussi pardonnez-moy si sans vostre congé
Dans cét amour suspect mon cœur s'est engagé,
Le plus iuste sujet de toutes mes trauerses.

SCENE NEVFIESME.

Gentil-homme,   Soliman.   L'Ambassadeur de Perse.
La Reyne, Acmat. Aluante. Mustapha. Persine.

GENTIL-HOMME.

SEigneur, voicy venir l'Ambassadeur des Perses.

SOLIMAN.

Escoutons-le, Tamas meu d'vne iuste peur
Veut renoncer sans doute à son espoir trompeur.

L'AMBASSADEVR DE PERSE.

Inuincible Seigneur, le Roy Tamas mon Maistre,
Priué du doux aspect de celle qu'il fit naistre,
Et qu'il a fait chercher par d'inutiles soins
Dedans tous les pays de son pouuoir tesmoins ;
Desià desesperé de perdre en cette fille
L'appuy de sa Couronne, & l'heur de sa famille,
En fin a descouuert par la bonté des Cieux
Qu'elle estoit inconnuë arriuée en ces lieux ;
Et comme si son cœur trop veritable augure
Eust pour elle preueu cette triste auanture :
Il m'a, Seigneur, exprez deuers vous deputé,
Pour la redemander à vostre Majesté :
Elle vient de courir fortune de la vie,
Seigneur, ne souffrez pas qu'elle luy soit rauie ;
Quel honneur receuroit vn grand Roy comme vous,
Qu'vne ieune Princesse esprouuast son courroux ?
Plustost, plustost, Seigneur, dissipez ces tempestes,
Qui s'en vont fondre en Perse & menacent nos testes,
Et puis que nous voyons le port nous estre ouuert,
Que vostre Majesté nous y mette à couuert.
Il semble qu'en ce iour le Ciel & la Fortune
Offrent l'occasion à nos vœux opportune ;

L'occasion est fiere, elle hayt le refus ;
Vne fois méprisée elle ne reuient plus :
C'est elle qui vous prie au nom du Diadéme,
Au nom du Roy Tamas, mais au nom de vous mesme,
D'embrasser le repos, & pour vous, & pour luy,
Que la faueur du Ciel vous presente aujourd'huy :
Vous sçauez trop, Seigneur, de quelles belles flames
Se sentent consommer ces genereuses ames,
Donnez à leur ardeur seulement vostre aueu,
Et nos feux aussi-tost s'esteindront par ce feu :
Car i'ay charge, Seigneur, de vous rendre les terres
Qui causent parmy nous de si cruelles guerres,
Au cas que cét Hymen de mon Roy souhaitté
Ayt aussi l'heur de plaire à vostre Majesté.
Ie veux que vous soyez certain de la victoire,
Icy, Seigneur, la paix vous donne autant de gloire,
Et puis dés à present mon Prince vous remet,
Ce qu'apres vn long temps vostre espoir vous promet.

SOLIMAN.

Quãd ces raisons sur moy n'auroiẽt point de puissance,
En faueur de mon fils, i'vserois de clemence ;
Ouy, i'accorde la paix, & ie veux dés ce iour
L'arrester entre nous par des liens d'amour ;

Ie

Ie veux que Muſtapha joint auecque Perſine,
Couppe de tous nos maux la ſource & l'origine.

L'Ambaſſadeur de Perſe.

A quel bon-heur mon Roy ſe void-il eſleué

LA REINE.

O fils heureuſement aujourd'huy retreuué
Que tu rends deſormais ta mere fortunée

ACMAT.

Que du ſein de la mort ſort vn bel hymenée

ALVANTE.

Que les Cieux ſçauent bien nos fautes reparer
Ie les ay reünis, les voulant ſeparer

MVSTAPHA.

La valeur du bien-fait & l'action eſt telle,
Qu'elle's meritent, Sire, vne grace immortelle;
Et ſi ie ne croy pas qu'vn tel remerciment
Pûſt encore eſtre egal à mon reſſentiment:
Mais quelle triſte nuë obſcurcit ton viſage?
Perſine, fuyrois-tu cét heureux mariage?

Ou si te ressentant de ton premier courroux,
Tu m'estimes coupable, & me hays pour espoux?

PERSINE.

Plustost ton'innocence est tout ce qui me trouble:
Par elle, mon erreur s'augmente & se redouble,
Si bien que ie me iuge indigne de l'honneur
Que me fait maintenant nostre commun Seigneur.

SOLIMAN.

Finissez ces debats, et que chacun s'appreste
A bien solemniser cette amoureuse feste.
Retournons là dedans, où Madame à loisir,
Doit touchant Mustapha contenter mon desir;
Apres, nous songerons à quitter cette terre:
Persine valoit bien toute seule une guerre.

FIN.